国 际 大 奖 小 说

马蒂和三个天大的谎言

Matti und Sami
und die drei größten Fehler
des Universums

[德] 萨拉·瑙拉 / 著

王泰智　沈惠珠 / 译

天津出版传媒集团
新蕾出版社

图书在版编目(CIP)数据

马蒂和三个天大的谎言/(德)瑙拉著;王泰智,沈惠珠译.
—天津:新蕾出版社,2012.8(2024.6重印)
(国际大奖小说)
ISBN 978-7-5307-5118-3

Ⅰ.①马…
Ⅱ.①瑙…②王…③沈…
Ⅲ.①儿童文学-中篇小说-德国-现代
Ⅳ.①I516.84

中国版本图书馆 CIP 数据核字(2012)第 157003 号
Original Title: Matti und Sami und die drei größten Fehler des Universums
Copyright © 2011 Beltz & Gelberg
in der Verlagsgruppe Beltz · Weinheim Basel
Arranged by Beijing Star Media Agency
Simplified Chinese translation copyright © 2012 by New Buds
Publishing House (Tianjin) Limited Company
ALL RIGHTS RESERVED
津图登字:02-2011-217

出版发行	天津出版传媒集团 新蕾出版社
	http://www.newbuds.com.cn
地　　址	天津市和平区西康路 35 号(300051)
出 版 人	马玉秀
电　　话	总编办(022)23332422
	发行部(022)23332351　23332679
传　　真	(022)23332422
经　　销	全国新华书店
印　　刷	天津新华印务有限公司
开　　本	880mm×1230mm　1/32
字　　数	61 千字
印　　张	4
印　　数	225 001—235 000
版　　次	2012 年 8 月第 1 版　2024 年 6 月第 29 次印刷
定　　价	25.00 元

著作权所有,请勿擅用本书制作各类出版物,违者必究。
如发现印、装质量问题,影响阅读,请与本社发行部联系调换。
地址:天津市和平区西康路 35 号
电话:(022)23332677　邮编:300051

前言

一辈子的书

梅子涵

亲近文学

一个希望优秀的人,是应该亲近文学的。亲近文学的方式当然就是阅读。阅读那些经典和杰作,在故事和语言间得到和世俗不一样的气息,优雅的心情和感觉在这同时也就滋生出来;还有很多的智慧和见解,是你在受教育的课堂上和别的书里难以如此生动和有趣地看见的。慢慢地,慢慢地,这阅读就使你有了格调,有了不平庸的眼睛。其实谁不知道,十有八九你是不可能成为一个文学家的,而是当了电脑工程师、建筑设计师……可是亲近文学怎么就是为了要成为文学家,成为一个写小说的人呢?文学是抚摸所有人的灵魂的,如果真有一种叫作"灵魂"的东西的话。文学是这样的一盏灯,只要你亲近过它,那么不管你是在怎样的境遇里,每天从事

怎样的职业和怎样地操持,是设计房子还是打制家具,它都会无声无息地照亮你,使你可能为一个城市、一个家庭的房间又添置了经典,添置了可以供世代的人去欣赏和享受的美,而不是才过了几年,人们已经在说,哎哟,好难看哟!

谁会不想要这样的一盏灯呢?

阅读优秀

文学是很丰富的,各种各样。但是它又的确分成优秀和平庸。我们哪怕可以活上三百岁,有很充裕的时间,还是有理由只阅读优秀的,而拒绝平庸的。所以一代一代年长的人总是劝说年轻的人:"阅读经典!"这是他们的前人告诉他们的,他们也有了深切的体会,所以再来告诉他们的后代。

这是人类的生命关怀。

美国诗人惠特曼有一首诗:《有一个孩子向前走去》。诗里说:

> 有一个孩子每天向前走去,
> 他看见最初的东西,他就变成那东西,
> 那东西就变成了他的一部分……

如果是早开的紫丁香,那么它会变成这个孩子的一

部分；如果是杂乱的野草，那么它也会变成这个孩子的一部分。

我们都想看见一个孩子一步步地走进经典里去，走进优秀。

优秀和经典的书，不是只有那些很久年代以前的才是，只是安徒生，只是托尔斯泰，只是鲁迅；当代也有不少。只不过是我们不知道，所以没有告诉你；你的父母不知道，所以没有告诉你；你的老师可能也不知道，所以也没有告诉你。我们都已经看见了这种"不知道"所造成的阅读的稀少了。我们很焦急，所以我们总是非常热心地对你们说，它们在哪里，是什么书名，在哪儿可以买到。我就好想为你们开一张大书单，可以供你们去寻找、得到。像英国作家斯蒂文生写的那个李利一样，每天快要天黑的时候，他就拿着提灯和梯子走过来，在每一家的门口，把街灯点亮。我们也想当一个点灯的人，让你们在光亮中可以看见，看见那一本本被奇特地写出来的书，夜晚梦见里面的故事，白天的时候也必然想起和流连。一个孩子一天天地向前走去，长大了，很有知识，很有技能，还善良和有诗意，语言斯文……

同样是长大，那会多么不一样！

自己的书

　　优秀的文学书,也有不同。有很多是写给成年人的,也有专门写给孩子和青少年的。专门为孩子和青少年写文学书,不是从古就有的,而是历史不长。可是已经写出来的足以称得上琳琅和灿烂了。它可以算作是这二三百年来我们的文学里最值得炫耀的事情之一,几乎任何一本统计世纪文学成就的大书里都不会忘记写上这一笔,而且写上一个个具体的灿烂书名。

　　它们是我们自己的书。合乎年纪,合乎趣味,快活地笑或是严肃地思考,都是立在敬重我们生命的角度,不假冒天真,也不故意深刻。

　　它们是长大的人一生忘记不了的书,长大以后,他们才知道,原来这样的书,这些书里的故事和美妙,在长大之后读的文学书里再难遇见,可是因为他们读过了,所以没有遗憾。他们会这样劝说:"读一读吧,要不会遗憾的。"

　　我们不要像安徒生写的那棵小枞树,老急着长大,老以为自己已经长大,不理睬照射它的那么温暖的太阳光和充分的新鲜空气,连飞翔过去的小鸟,和早晨与晚间飘过去的红云也一点儿都不感兴趣,老想着我长大

了,我长大了。

"请你跟我们一道享受你的生活吧!"太阳光说。

"请你在自由中享受你新鲜的青春吧!"空气说。

"请你尽情地阅读属于你的年龄的文学书吧!"梅子涵说。

现在的这些"国际大奖小说"就是这样的书。

它们真是非常好,读完了,放进你自己的书架,你永远也不会抽离的。

很多年后,你当父亲、母亲了,你会对儿子、女儿说:"读一读它们,我的孩子!"

你还会当爷爷、奶奶、外公和外婆,你会对孙辈们说:"读一读它们吧,我都珍藏了一辈子了!"

一辈子的书。

目录

Matti und Sami
und die drei größten Fehler
des Universums

马蒂和三个天大的谎言

第一章　我做错了什么……………………………001

第二章　骗人的报纸………………………………004

第三章　野鸭湖里有海豚…………………………009

第四章　救救动物…………………………………016

第五章　迟来的捐款………………………………025

第六章　尤西伯伯来访……………………………034

第七章　瑞士童话…………………………………042

第八章　谎言比竹子长得快………………………049

第九章　中奖通知书………………………………056

第十章　应聘管家…………………………………066

目录

马蒂和三个天大的谎言

Matti und Sami
und die drei größten Fehler
des Universums

第十一章　上天的启示 …………………………………… 071

第十二章　普马拉的别墅 ………………………………… 077

第十三章　真相大白 ……………………………………… 087

第十四章　假期开始了 …………………………………… 092

第 一 章

我做错了什么

妈妈坐在草坪上轻轻地啜泣。爸爸的眼睛眯成两道细缝,阴郁地望着远处闪光的蓝色湖水。小弟萨米在湖边跑来跑去,捡起小石子打水漂儿。

"我们困在这里了!"在两声啜泣之间,妈妈对我说,"这当然都是拜你所赐,得谢谢你了,马蒂!"

这不是真诚的感谢,而是嘲讽。我现在已经能听懂妈妈的话了。嘲讽,就是说出来的话,与真正想表达的意思相反。我不明白大人为什么总是这样做,为什么不能把心里想的直接说出来呢?

"是你把我们的生活给毁了!"

很可惜,这句话不是嘲讽,但是极度夸张,因为我们毕竟还活着。库尔特舅舅是妈妈的哥哥,他总是说,人应该去看生活中美好的一面。可是,妈妈却做不到。真的很可惜,因为现在正是美好的夏日。阳光灿烂,昆虫鸣唱,风从白杨树间轻轻穿过,我们的面前就是一片梦幻般的

芬兰湖水。萨米扔出一块石子,竟然打出五个水漂儿。他虽然还小,但在这方面却很有天赋。

"我们现在该怎么办呢?"妈妈看着我问,"你想过这个问题吗?你有一秒钟想过这个问题吗?"

好,我必须承认,我们确实遇到了难题:我们还不知道今晚在哪里过夜。爸爸和妈妈没有了工作,因而没有钱去住旅馆。另外,我们也没有汽车,这在芬兰是很不方便的,因为芬兰很大,各地都相距很远,是不能用脚走路去的。更不要说,我们还有六个沉重的箱包,横七竖八地躺在草坪上——爸爸一气之下把它们扔在了那里。在妈妈最大的蓝色拉杆箱旁边,立着萨米那印着粉红色美洲豹的双肩包,它规规整整、笔笔直直地站在那里。

妈妈含着泪看着爸爸:"苏洛,你倒是说句话呀!"

真是奇怪,她已经和这个芬兰男人结婚十一年了,和我的年龄一样,所以她应该知道,芬兰男人是很少说话的。我们必须猜他们心里在想什么。而我的猜测是,爸爸肯定很高兴,在离别家乡这么久之后,终于又回到了芬兰,这是他出生的地方。反正我是很高兴的,因为对我来说,这是有生以来第一次到芬兰。但倒霉的是,妈妈、萨米和我都不会说芬兰话(除了"哈罗"和"谢谢"两个词之外)。不过我打赌我们肯定能够学会的。

"到达下一个较大的城镇还有七公里呢。"妈妈抱怨

道。

"五公里半。"我纠正着,因为我在旅游手册里查过。

妈妈的眼睛里又冒出了怒火。

"别老是显摆你的小聪明,马蒂!"她对我吼道,"还是好好儿想想你都做了些什么!下一个小时我不想跟你说话了,听清楚了吗?"

这当然也不是她的心里话。如果妈妈说,我应该好好儿想一想都做了些什么,那她的意思当然就是我做了错事。所以,我最好沉默,想一想我都做了什么,我是否做错了。

第二章

骗人的报纸

一切都是从野鸭湖里要养海豚开始的。

那是一个星期六,早上八点。我很清楚地记得,萨米当时正在狭窄的过道里蹦来蹦去。爸爸去上电脑班了。妈妈翻开一份报纸,第二版上刊登着一幅海豚的照片。大字标题是:

斯威舍就要来到我们身边!

照片下面的说明是:杜伊斯堡动物园的海豚太多了,所以其中一只必须搬家,那就是斯威舍。于是我们的镇长有了个好主意,让斯威舍住在我们小镇的野鸭湖里。它比动物园的海豚馆大多了,岸边有一排美丽的杨柳,柳枝垂到水面。另外,湖面较窄的地方有一座小桥,站在上面可以观赏湖中的野鸭和海豚,是观景的最佳平台。杜伊斯堡动物园园长事先进行了考察,得出结论说,

斯威舍在这里会生活得很愉快,所以搬迁已成定局。

报纸上还说,海豚抵达的时间定在上午十点,到时会有四名饲养员用担架把斯威舍从下车的地方抬到湖中。

萨米听了兴奋得一下子跳上了沙发,为了表示对斯威舍的欢迎,他决定把一瓶酸鲱鱼卷送给它。可妈妈说,那东西对海豚来说恐怕太酸了。

于是我们决定带上海豚艾妮和贝特,它们是库尔特舅舅从美国带回来送给我们的木制玩具。我们洗澡的时候,总是让它们在浴缸里游水,沐浴露泡沫就是北极的冰川,它们在里面只露出背鳍,穿过泡沫时,就像是破冰船在前进。

这个周六的天空是灰色的,布满了阴云,还刮着冷风,不是适合外出的天气。尽管如此,我们去时,发现几乎半个小镇的人都聚集在野鸭湖边。在这个小公园里,我还从没见到过这么多的人。萨米又抗议了,因为最佳观景台——那座小桥,早已没有了落脚的地方。

"萨米,别这么大喊大叫!"妈妈说。

湖对面有两个孩子正打开一幅欢迎标语,上面写着:热烈欢迎斯威舍!

"萨米?"站在我们前面的一位中年女士转过身来,从头到脚打量着小弟,"这不是土耳其名字吗?可你长得

不像土耳其人啊！"

奇怪，很多人一听到小弟的名字都会这么说，尽管他长着白皙的皮肤和闪亮的金发。

"萨米是个芬兰名字。"我解释说，"您不认识萨米·许皮尔吗？他可是芬兰男足的著名国脚啊。"

"不知道。"

"他是世界上最好的后卫，特别擅长头球。以前他在利物浦足球俱乐部，现在加盟了勒沃库森队，已经一年多了。"

"谢谢你的信息。"那位女士说。

"他身高一米九，在利物浦，人人都知道他。"

"可我们这里不是利物浦。"那位女士转过身向前走去。

我拉住她的袖子，补充道：

"而且，萨米·许皮尔的头发颜色和我弟弟的也一模一样。"

"发型也一样。"萨米喊道。

妈妈训斥了我们，不让我们去骚扰别人，尽管是那位女士先骚扰的我们。况且，知道萨米·许皮尔又没有什么坏处。他毕竟是芬兰的一个名人，还曾被评选为芬兰年度最佳运动员。他高超的头球技术，就展现在我床头上方的一张海报上。

Matti und Sami
und die drei größten Fehler des Universums

等待斯威舍的时候,我就想,海豚在我们的野鸭湖里,会不会产生像我的芬兰父亲在德国一样的陌生感呢?在德国什么都很奇怪,爸爸总是这么说。而且德国人也不理解芬兰人,包括妈妈。我曾问过爸爸,既然德国人不理解他,妈妈又是德国人,那他为什么还要娶她呢?但他从来就没有正面回答过,因为他毕竟是个芬兰人。

比预计的时间已经晚了半个小时,斯威舍还不见踪影。刚才的那位女士正和身边一位老先生小声说着什么。

毛毛雨下了起来。

"啊,"那位女士对老先生说,这次声音很大,人人都能听见,"这真是一次美好的散步,让你看到了我们的野鸭湖。"

对岸的孩子把欢迎标语卷了起来,然后离开了。

我感到很奇怪。

"海豚怎么还不来呀?"萨米摇晃着艾妮和贝特叫了起来,"我想看它游泳!"

不知道萨米·许皮尔是谁的那位女士转过身来,怪异地笑了一声:"呵呵!海豚?在野鸭湖里?是谁告诉你的呀?那只是个愚人节笑话。今天是四月一日。"

萨米失望地看着那位女士。

"我也和我的小儿子说过,"妈妈说着笑了起来,"这

肯定是个愚人节笑话!可是,您知道,孩子就是这样……不过周末到外面呼吸点儿新鲜空气也没什么害处。"

雨渐渐大了。妈妈的头发贴在了脸上,混着睫毛膏的黑色雨水顺着她的眼角流了下来。

"不是这样的!"萨米吼道,"你答应我要看海豚的,我要看海豚!"

妈妈的笑声又响了一些,她干脆捂住了萨米的嘴巴。"你即使再讲一百遍,可他们还是不听。"她朝那位女士无奈地点点头说。然后两个人一齐大笑起来,并相互问候了周末愉快。

萨米生气了,他拒绝回家,尽管天空开始电闪雷鸣,瓢泼大雨向我们倾泻下来。

"你在撒谎!"他向妈妈吼道。

"上帝啊,那是写在报纸上的,是报纸在撒谎,明白吗?"妈妈在倾盆大雨中回答。

我们在门厅里脱掉湿衣服时,我问妈妈:"你为什么对那个女人说你知道这是一个愚人节笑话?可你事先根本就不知道!"

"这和她没关系。"妈妈喊道,"把湿袜子赶紧脱掉!"

"但你还是撒了谎。"

"我的天!"妈妈气愤地看着我,"马蒂!有的时候,你真比教皇还要教皇!"

第三章

野鸭湖里有海豚

我们住在一个高层小区,离公园并不太远。三座高楼中间有一块绿地,一号楼和二号楼之间有一个供孩子玩耍的沙坑。萨米自从在楼上看见一个女孩蹲在里面撒尿之后,他就再也不去沙坑里玩儿了。

电梯里面到处是乱七八糟的绿色油漆图案,因为管理员每次刷漆时都找不到和上次同样的颜色。

妈妈老是抱怨说,我们住的单元就跟鞋盒一样小。让她不能接受的还有,家里只有爸爸有单独的房间。

但爸爸需要一间单独的电脑室。他那屋老是关着门,不许别人进去,其实别人也进不去,因为里面连个下脚的地方都没有。地上到处是书籍、光盘、手机和一堆堆的纸片。书架上满是各种文件,写字台上也堆着纸张,而爸爸是唯一知道如何从门口走到转椅那里的人。所以要想找他说点儿什么,我们只能站在门框边上。

从野鸭湖回来的第二天,是四月的一个星期日,爸

爸下午才从电脑班回来,立即就进入了他的电脑室,并把门关上了。这就意味着,他准备做什么试验了,我们不许敲门,不许喧闹,也不许问问题。

可我还是敲了门。

我把房门推开的时候,蓝灰色的烟雾向我迎面扑来。他抽的芬兰烟可以在几秒钟之内把每一个房间都变成一个烟雾狼窟。这种烟是尤西伯伯从芬兰给他寄来的,而爸爸总是在做重要事情的时候才抽它。

比方说上电脑班。

"电脑班还好吗?"我开始了我们的谈话。

"是的。"

白痴。我总是落入这样的圈套:如果问爸爸一个是非题,他总是用是或者不是回答,然后谈话就此结束。

我想做另外的尝试:

"你学到什么了?"

"C++和Java。"

这都是编程语言。因为爸爸觉得手机游戏十分好玩儿,所以他很想成为手机游戏的专业开发员,尽管他现在还是个公交车司机。要想当手机游戏研发员,就必须先学会编写程序。所以爸爸才参加这样的电脑班。但大多数情况下,他还是自学,常常是在夜里,在他的电脑室里。他在思考新的手机游戏,这是要保密的,所以他不跟

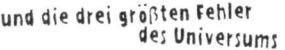

任何人讲——也包括我们。

"他就是在那瞎想,你以为他真能想出点儿什么名堂来?"妈妈老是这么说,"所以他才不跟别人讲。"

说实话,我觉得她这样说有点儿不仗义。

爸爸穿过狼窟中的烟雾盯着我,他看起来有些疲惫,黑眼圈,没有光泽的皮肤,乱乱的金色短发,就像刚刚起床似的。

"有什么事吗,马蒂?"

"我们能去一次芬兰吗?"我指着爸爸写字台后面挂着的芬兰国旗问,"放暑假的时候,行吗?"

"不行。"

"我很想去看一看。"我说,"我们还从来没有去过。我想见见我的爷爷。"

爸爸抓过他喜欢的伏特加酒瓶,它总是在电脑显示器旁边。他拧开瓶盖,喝了一口。

"那就和你母亲一起去吧。"

我真不明白,我都已经十一岁了,为什么还从未去过芬兰。我最好的朋友图罗也不明白。他的妈妈是芬兰人,他每年都去,有时甚至一年去两次。图罗的父母已经邀请我一百次了,让我和他们一起去芬兰度假,但妈妈和爸爸就是不允许,因为他们觉得,一家人要一起去度假。也就是说,我得和他们还有萨米一起出行才叫度假。

可每次只是去北海边待几天。

"萨米在哪儿?"爸爸问。

"在儿童房,他还在闹情绪。"我说,"因为我们的野鸭湖里没有海豚。"

野鸭湖里的海豚其实是个很特别的话题,可爸爸却一点儿兴趣也没有,反而转过身去把酒喝干,又去看他的电脑屏幕。"多照顾点儿弟弟。"他说,"请把门关上。"

星期一,我在出租车里给库尔特舅舅讲斯威舍的故事,他哈哈大笑起来。库尔特舅舅是个出租车司机,每天都用他的车到学校去接我回家,因为坐城铁或公交车要等很长时间。我很骄傲,因为我是唯一乘出租车回家的学生。

但我第一次坐他的车回家时遇到了麻烦,整整耽误了五分钟。我们的车刚刚离开学校,一辆高速行驶的警车就闪着警灯响着警笛超过了我们,然后急刹车,把我们拦下。不知我们班的什么人,看到库尔特舅舅把我塞进汽车,立即跑去向校长报告,校长随即报了警。

警察拽开我们的车门吼道:"孩子!没事,不要怕!你现在可以下车了。"

"可我得回家呀。"我莫名其妙地说。

"是不是这个人把你推进汽车里的?"另一个警察把

舅舅拉出汽车,把他的胳膊扭到背后,然后问我。

"是的,是他。"我如实回答。

"马……马蒂!"舅舅在那个警察的压迫下呻吟说。

"可那是因为我动作太慢,而且时间也不早了。"我赶紧补充,"哦,这是我舅舅库尔特。"

那个警察骂了一句,放开了舅舅,然后和他的同事骂骂咧咧地回到他们的警车上。

"谢谢你们赶来救我!"我朝他们的背影喊了一声。

自打这件事以后,即使我的动作比蜗牛还慢,舅舅再也不敢推我上车。

我很喜欢舅舅。他长着浓密的羊角胡,头上却几乎没有头发,有着一副低沉的嗓音,他一说话,我的肚子就发痒。我还特别喜欢和他聊天,而在他的车里,我们总是有大把的时间。

当我给舅舅讲那么多人都去公园等海豚时,他笑着说:"怎么会这么笨,去相信这些谎话呢?海豚生活在咸水中,也就是在大海里。在淡水湖里它会死的。"

"好吧,我还没有想到这一层。"我说,"但谎言为什么会允许在报纸上发表呢?这是欺骗!萨米是那么兴奋地想看海豚,可结果却什么都没有。"

"马蒂,大人有时会说谎的。"库尔特舅舅给我解释说,"特别是在一些不太重要的小事上……例如讲一个

愚人节笑话,也算不上什么大事儿。"

但这个关于海豚的谎话却是大事,至少对萨米而言是这样。我回家后,妈妈告诉我他又闹情绪了。幼儿园老师跟妈妈告状,说萨米揪了他们青蛙班上两个小女孩的头发,还打了小虎班的一个男孩——他只有在极度愤怒时才会干这种事,每年最多两次。正常情况下,他对幼儿园的小朋友还是很友好的。

回到我们的房间,只见萨米躺在上下床的上层——那是我的位置(其实这是不允许的),手伸向空中摇晃着艾妮和贝特,就好像两架宽体客机在降落。他听到我进来时,发出了一声怒吼。

"说吧,怎么才能让你的情绪重新好起来呢?"我问。

"除非野鸭湖里有海豚!"

"这很容易,"我回答说,"我们只要把艾妮和贝特扔进湖里,会同时有两只海豚在里面游泳。"

萨米睁大眼睛看着我,然后他笑了。我们立即走出家门,到湖边把两只木海豚放入了水中。风把两只玩具海豚吹到湖水中央,它们的背鳍把一只野鸭吓了一跳,它立即张开翅膀逃跑了。

"这里可比浴缸大多了!"萨米十分满意,"而且我们是唯一知道这个湖里有海豚的人。你发誓,不许告诉别人!"

"我发誓。"我庄严地说。

这天晚上,我从书架上取下《世界动物》,读了其中有关海豚的一章。萨米已经在我的下床睡着了,我听到他均匀的呼吸声。我想着,他是如何把海豚放入水中,然后一切就恢复了正常。这真是一个天大的错误,好在我们把它改正了。

我满意地关上了床头灯。

第四章

救救动物

第二天早上,妈妈比往常更加忙乱,一边洗漱,一边喊着萨米让他赶紧把裤子穿上。她的一只眼睛已经化好妆,另一只还没有,褐色的头发向四面披散着,下颚上有一个红斑,因为她的唇膏刚刚从手中滑了下来。

"这是你的课间餐。"她笑着把三欧元放在餐桌上,"你可以在中午休息时买两个夹肉三明治。"

"我也想要钱!"萨米在门厅里吼道。

"安静点儿,快穿衣服!"妈妈喊道,"这个孩子有一双猫耳朵……听着,马蒂,我今天下班比较晚,我的上司要我加班。你能不能请库尔特舅舅从幼儿园把萨米接回来?就今天一天。"

"好的。"我说。

十分钟后,门被关上了。我听到萨米在外面大约按了一百次电梯按钮,只听妈妈说:"上帝啊,萨米,即使这样它也快不了!"

爸爸还在睡觉,这很正常,因为他今天上晚班。他很喜欢在夜间开车,或许因为这样他可以回忆起芬兰的长夜。

图罗和以往一样在站台上等我。我的城铁进站时,他向我招手,并在车厢里找到了我。自从上了中学,我上学的路就像是一次长征。先要乘半个小时城铁,然后与图罗会合,再乘十分钟公交车。

"你好!"他用芬兰语向我问候。

"你好!"我用同样的话给予答复。

图罗是我最好的朋友,真巧,他也是半个芬兰人。我们在小学时就已经要好了,所以很高兴在中学又进了同一个班级。他会讲芬兰话,因为他的母亲对他们两兄弟只讲芬兰话。

爸爸从来没有用芬兰话和我们交谈过。用德语其实也没有交谈过。我小的时候,曾有一段时间还以为他根本就不会说话。直到我偶然得知他和芬兰朋友在一起喝伏特加的事。从那之后,他总算也和我们讲几句话了。

图罗头上戴着他最喜欢的红蓝相间的帽子,它来自拉普兰,只要外面一凉,他就戴上它。我觉得他很勇敢,因为其他同学总会因此而嘲讽他。

"邋遢兰的两个邋遢人来了!"稍晚一些进入校园的

穆拉特喊了起来。

"我的母亲出生在科特卡，那是芬兰最南边的一个地方。"图罗告诉他，"而拉普兰却是在最北边。"

穆拉特转了转眼珠说："你说什么呢，其实对我都一样，老家伙。"

第一堂课是地理，讲了五分钟欧洲国家后，贝伦特老师又开始谈他最喜欢的题目：足球世界杯。

"谁知道在德国足球俱乐部里有哪些外国的国脚？"他问。

"哈里·阿廷托！"穆拉特喊道，"是土耳其人，在法兰克福队踢球。"

"正确。"贝伦特老师说。

"胡戈·阿梅达，"不太爱说话的保罗说，"他来自葡萄牙。"

"哈米·阿廷托！"穆拉特又喊道。

"我们刚才已经提到了。"

"不，那是哈里。哈米是他的孪生兄弟，在拜仁慕尼黑队踢球。"

"啊，是这样。"

"萨米·许皮尔！"图罗和我异口同声地喊，"勒沃库森队！"

"他是哪儿来的呀？"穆拉特问。

"当然来自芬兰。"图罗回答。

穆拉特失望地看了一眼图罗:"你瞎说,萨米是土耳其语!我的伯伯就叫萨米!"

"而我的祖父也叫萨米。"图罗说。

"你在撒谎!"

"我没有!"

"我祖父的祖父叫萨米,那时你的祖父还没有出生呢。"

"而我的……"

"住口,别说这个了。"贝伦特老师喊道。幸好这时候下课铃声响了。

课间休息时,图罗给我看一份旅游宣传册,是他最近一次去芬兰时,从米凯利带回来的。他特意去了那里的游客服务中心,为我拿来了这份资料。

封套的最上面写着一行白色字母,背景是一大片蓝色的湖水,岸边是柏树和杨树,还有红褐色屋顶的小木屋,美丽的天空上缀着两朵小小的白云。

"后面那个词是什么意思?"我问。

"意思是米凯利周围的地方。"

"是郊区吗?"

"正是。我们每年去那度假时住的别墅就在豪基武奥里,位于屈韦西湖畔。"他翻开了一页,让我看一张照片,那是湖边一座红褐色的小房子。

"真美!"我说。

"豪基武奥里是个有名的地方,几年前曾在这里举行过泥潭排球世界锦标赛。"

我先是以为他在开玩笑,但图罗向我发誓说这是真的。"拿着,你也可以给你父母看看。"他说着把资料交给我,"告诉他们,你暑假跟我们一起去,真的没有关系。我们可以一起去钓鱼。而且我们家还有一只小船。"

"真的吗?一艘快艇?"

图罗笑了,露出了大门牙。"不,是可以划的船。"他的蓝眼睛闪着光,"如果我们能够在一起度假,那该多好啊。"

我叹了口气:"那真的很好,图罗。"

我们走出校门的时候,库尔特舅舅已经在学校门口等我了。大多数情况下,图罗的母亲来接他,但有时我们也让舅舅送他到城铁车站,然后他再坐公交车回家。

"哈罗,马蒂!"库尔特舅舅喊了一声,并从车窗里向我招手,"怎么样?今天没有警察在附近吧?"他大笑了起来。

"没有,别怕。"我说。

这是我们经常开的小玩笑。

"为什么是警察?"图罗问。

"我第一次来接马蒂时,警察把我拦住了。"库尔特舅舅笑着解释道,"不知是谁看见我把马蒂推进了车里,所以跑去报告了校长。"

"正是。"图罗点头说,"那就是我。"

库尔特舅舅直撇嘴。

"我得赶紧走了。母亲已经在摁喇叭。再见,马蒂,别忘了问你的父母。"

他拔腿就跑,我呆呆地望着他的背影。当时是图罗向校长报告的,这我一点儿都不知道,他也从来没有对我说过。

"嘿!谢谢你当时想救我!"我朝他喊道。他再次转身,向我招招手。

图罗真是个好哥们儿。

去幼儿园的途中,我告诉舅舅我看了介绍海豚的书,确实有生活在河流里的海豚。那是在亚马孙河中的淡水海豚。

"哦。"他说,"这我确实没有听说过。"我觉得库尔特舅舅这一点特别好。他从来不自以为是,而总是承认自己不知道的事情。妈妈一辈子也不会这样做的。

"那么湖水海豚呢?"他问。

"书上可没有提到这个。"

我们的奶油色奔驰停到幼儿园门口时,萨米高兴得

跳了起来。然后,库尔特舅舅必须要摁三下喇叭,好让青蛙班的所有小朋友都知道,萨米是坐出租车回家的。当两个孩子在他身后喊"显摆!显摆!"时,他立即向他们吐出了舌头。

到家后,爸爸给我们热了妈妈昨天就烧好的土豆和菜花,然后我们坐在电视机前,一边吃饭一边看萨米最喜欢的电视节目"救救动物"。这次讲的是长颈鹿在非洲的恶劣处境。最后,动物保护者温德斯教授深情地对着镜头说:"我们迫切需要你们的帮助,请为长颈鹿捐款吧,否则它们会死光的。"

萨米的叉子掉到了地上。

"我们必须帮助长颈鹿。"他说,"否则它们会死光的。"

"不用你来操心。"我安慰他说,"妈妈和爸爸每个月都为遇到困难的动物捐款,这其中也包括长颈鹿。"

"什么叫捐款?"

"付钱。"

"太棒了。"

这个节目已经播放了很多年,在像萨米那么大时我就问过,我们是不是可以为猴子、斑马、鲸鱼或者狮子捐款。但我根本就不必自己做什么决定,因为妈妈和爸爸当时就告诉我,他们会定期为受难的动物寄钱过去,而且是给所有的动物。

"给多少?"萨米想知道。

"你觉得呢?"

"他们每月捐多少啊?和我的零花钱一样多吗?"

"这我不知道……"

我听到开门的声音,是妈妈下班回来了。她轻轻地从客厅门口走过,把钥匙扔到厨房的餐桌上。

萨米吞下了最后一块土豆,我把空盘子送到厨房。

"哈罗,马蒂,"妈妈说,"你们的父亲呢?"

"在电脑室里。"我最恨妈妈说"你们的父亲"了,这听起来就好像她和爸爸没有什么关系似的,可实际上,他们毕竟是夫妻啊。"有什么不对吗?"我真想马上就把图罗给我的芬兰资料拿出来给她看,但我的直觉告诉我,最好还是再等一等。

我的直觉是对的。

"什么都不对。"妈妈说,"汽车闹脾气,头头儿闹脾气,同事也闹脾气!"

那辆小小的菲亚特最近闹情绪,只有它高兴时才能发动起来。妈妈在诊所里做医生的助手,她的工作节奏越来越快,而上司卡斯帕大夫的脾气却越来越坏,总是对下属大喊大叫。以前,妈妈很喜欢这份工作,特别是抽血。"我就是个职业吸血鬼!"她总是对病人这样说。她也曾给我和萨米抽过血——她的技术很精湛,一点儿都不

疼。

"把汽车卖掉吧,像爸爸那样骑自行车上班。"我提议。爸爸不管刮风下雨都骑车,他特别喜欢他的自行车,甚至给它起了个名字:小驼鹿。

"难道也让我骑车去采购,骑车送萨米去幼儿园吗?"妈妈说,"你真有想象力,马蒂!"

我决定换个话题。

"我其实是想问问,你们每个月为'救救动物'捐多少钱啊?"

妈妈茫然地看着我。

"啊,就是为猴子、斑马、鲸鱼和狮子。"我解释说。

她用手拢了拢头发,笑着说:"马蒂,宝贝儿。我们当时就是说说而已,因为你每个星期天都为动物操心。多可爱呀,你当时才五岁。"

我疑惑地看着她,突然感到厨房开始摇晃起来,然后飞快地旋转,我感觉自己已经无法站立。

"马蒂?"妈妈抓住我的肩膀。

我使劲一挣,跑回房里,用力把门摔上。

第五章

迟来的捐款

动物被抛弃不管,这又是一个天大的错误,而且,这个错误要比在湖水里养海豚的错误更大,所以我决定要立即去纠正。

"走,萨米。"我带着愤怒的表情说,"我们去银行。"

"为什么?"

"妈妈和爸爸这个月忘记了给长颈鹿捐款,我们必须去把它补上。"

"那好吧。"

我们走了很长的路才到达银行。一位和蔼可亲的年轻女士迎过来,想知道我们来这做什么。我对她说,我们有业务要办。于是她请我们坐下。

"我们想给长颈鹿汇款。"萨米说。

"真可爱。"那位女士说,"你们想汇多少钱呀?"

"这里面所有的钱。"萨米说着打开他的印着粉红色美洲豹的双肩包,取出一个小盒,里面是爸爸为了在自

动售烟机上买烟攒下的零钱。

"还有这个。"我也打开我的书包,取出了一个大玻璃瓶,里面放着妈妈采买时找回来的硬币。每当玻璃瓶装满后,她就会邀请她最好的女友去看电影或者去吃比萨饼。

"盒子里有14欧元20欧分,玻璃瓶里有23欧元10欧分,总共是37欧元30欧分,都捐给长颈鹿。"我说。

"真棒,我相信你们。"女士说,"其实你们不需要自己数钱的,那是硬币机的任务。问题是,要想捐款的话,你们的父母必须一起来,他们得在汇款单上签字。或者给我一张有他们签过字的付款单也行。"

萨米真是个优秀的演员,只要一给信号就可以马上哭出来,因为他总是以为只要这样做,大人们就会满足他的愿望。事实上,大人的确经常这样做(只有妈妈除外)。他会先做出难受的表情,泪水跟着就会像水枪一样从眼里喷出来。

"呜……呜……可怜的长颈鹿哇!"他开始大哭,泪水像下雨一样流到擦得锃亮的银行女士的写字台上。"呜……呜……它——们——会——死——的!"银行里其他人都吃惊地看着我们。

"别哭了,萨米!"我压低声音说,还偷偷地踢了他一脚以示警告。

"萨米?"女士问,"这不是个土耳其名字吗?可你长得并不像土耳其人啊?"

"这不是土耳其名字,"萨米抽泣着用手背抹着眼泪说,"难道您不知道萨米·许皮尔吗?"

"不知道。他是谁呀?"女士问。

"他是芬兰足球国脚。"我说。

"他和我的名字一样,也有一样的头发。"萨米补充说。

"很好。"女士说,"但我还是需要你们父母的签名。"

我从包里拿出最后的王牌。那是一张我从厨房抽屉里找到的付款单,上面有我妈妈的签字。

妈妈有一个习惯,她总是把付款单先签好字——据说是为了节省时间。然后她会把这些单子放在厨房抽屉里擦碗布的下面。

那位女士皱了皱眉头,看了看那张单子,我在"收款人"那儿用印刷体写上:《救救动物》(长颈鹿)。

"还有这个节目吗?"她笑着说,"我小时候也看过这个节目,当时我也恳求过父母为这些可怜的动物捐点儿钱,他们就答应了。"

你确定他们捐了?我暗自想。

然后那位女士在付款单上写上我们捐款的数额(我忘记写了),就让我们去出纳窗口交钱。厚厚的玻璃后面的先生,看着我们把硬币放进那个可笑的抽屉里,然后

抽屉消失在玻璃后面,同时另一个空抽屉突然又出现在我们眼前。

"真好玩儿!"萨米喊道,"能再来一次吗?"

那位先生笑了笑,把装着我们钱的抽屉又推出来,然后又拉回去。接着,他就把这些硬币倒进了硬币机的漏斗里。

"37欧元30欧分。"出纳员宣布。

"一分不差!"我喊道。

最后,我们得到了一张收据。

"谢谢!"萨米透过玻璃吼道,"请您替我们问候长颈鹿!"

出纳员不解地问:"什么长颈鹿?"

萨米眯起眼睛,收紧嘴唇,他有疑问时总是这样。"你肯定这个人能把我们的钱送到非洲去吗?"他小声问我,"他不会用这些钱去买烟吧?"

"不是他亲自送去。"我解释说,"但钱肯定会送到的,这你不必操心。"

我对援救长颈鹿行动的成功感到十分满意。虽然其他动物这些年来一直被我们的父母欺骗——我最痛心的是那些鲸鱼(我曾真心为它们痛哭过),但不管怎么说,萨米的长颈鹿还是得到了一点儿援助。幸亏他不知道,

我们的父母多年来对动物的苦难实际上一直无动于衷。

第二天,我乘舅舅的车回家时问他:"你相信我们能够纠正天大的错误吗?我指的是大到宇宙级别的错误。"

库尔特舅舅看了一眼后视镜中的我——我始终坐在汽车的后座上,因为只有这样才像一个真正的乘客。"你是说,比如太阳上的爆炸和黑洞什么的吗?"他问。

"不,我指的是所有的……不太对劲儿的事情或者……错误什么的。"

库尔特舅舅笑着说:"你知道人类已经尝试了多久去纠正它们吗?自从有了人类,我们就一直在这样做!"

"那成功了吗?"我问。

库尔特舅舅想了想,接着说:"有的时候成功,但有的时候只是在某一段时间里成功。比如,我们找到了一种抗菌药,用它治愈了很多人的疾病。但过了段时间,这种药又不太有效了,因为细菌发生了变异。那我们就得从头开始。"

"真是的!"我感叹道。

"而且还有个问题。"

"什么问题?"

"谁能告诉我,宇宙的错误在哪里?"

"人人都看得见!"我喊道。

"但人们的看法可以各有不同啊。"库尔特舅舅继续说,"有人认为飞向月球重要,也有人认为喂猫更重要。"

"可是……"

"你可以问一问你们的宗教老师。他可能会说,反正上帝是不会犯错的……"

回家以后,我一直在想,如何才能分辨对与错。在我脱了鞋放下书包时,我立刻发觉有什么地方不对头。萨米正在大哭,妈妈正在大骂。她的声音连绵不断,非常刺耳。她真生气的时候才这样。

我叹了口气,走进厨房。

"马蒂!"妈妈高举着装零钱的玻璃瓶,"告诉我,这是怎么回事?"

不幸的是,萨米跟青蛙班的小朋友讲了我们去银行的事。妈妈到幼儿园接他的时候,有三个青蛙班的孩子拉住她的手说,他们觉得萨米帮助长颈鹿是件很了不起的事情。

"你从什么时候开始偷钱了?"妈妈吼道。

"那不是偷!"我愤怒地冲着妈妈大喊,"是你们告诉我,说你们这些年来一直在给动物捐款,但分明就是在骗我!你们根本就没有捐!"

"又是你和你那些动物!你还有没有别的事儿啊?!"

"可——怜——的长颈鹿哇!"萨米又号啕大哭起来。

门被推开了,爸爸走了进来。他可能又是在电脑室里吃的饭,这样的大喊大叫让他无法集中精力思考手机游戏的问题。

"你的儿子偷钱。"妈妈告状,"你倒是说句话呀,苏洛!"

妈妈和爸爸从来不为钱吵架,而且我也知道,其中的原因很简单:如果妈妈试图和爸爸谈钱的问题,那么爸爸干脆就一言不发。他从不谈钱。

"尤西和玛丽亚明天来吃晚饭。"爸爸说完就要转身回电脑室。

"你说什么?"妈妈喊道,"你的哥哥尤西?是从芬兰来吗?可是……他们住在哪儿啊?但愿不是我们这儿!"

"他们住在旅馆。"爸爸说,"后天他们去慕尼黑,去看玛丽亚的父母。"然后爸爸就离开了厨房。

妈妈惊呆了,好长一段时间都不知所措地傻站在那里。说句实话,我也感到很奇怪,因为尤西伯伯从来没有来看望过我们。萨米和我根本就不认识他。

"我们要接待客人,我们要接待客人了!"萨米兴奋地大喊。

"关于钱的问题,我们以后再谈。"妈妈对我说。

"我不谈钱。"说完我也离开了厨房。

我决定去写作业,经过电脑室时,我听到爸爸清楚

地说:"是马蒂吗?"我停住了脚步。

"是我。"

"进来。"

我推开门。"你是说,真的进来吗?"

"是的。"爸爸从写字台底下拉过一只我从未见过的小凳子,然后把地上的纸张书籍腾出一小块儿空地,把小凳子放在中间。"把门关上,然后坐下。"

我跨过一堆纸,关上门,然后坐在小凳子上。

他熄灭了烟,瞪了我好一会儿,无言地取出装零钱的小盒,把盖子打开。

"这是……"我不知道该说什么。但爸爸耐心等待着,直到我找到了正确的措辞。我对他解释说,我认为他和妈妈当年说要给动物捐款,但根本就没有这样做,是错的。而且他也不必为小盒里的零钱担心,因为我把它用在了一个更有益的地方,就是为了解救受难的长颈鹿。

我讲话的时候,爸爸微微扬起了右边的嘴角,像是在微笑。

然后,他从裤兜里掏出钱包,给了我一张五十欧元的纸币。"拿着吧,这个你也可以拿去捐了。"他说,"捐给你们喜欢的动物。"

我看了他一眼,把钱接过来。

"但不要告诉妈妈。现在你出去吧。"

我把纸币塞进裤兜,诧异地离开了他的房间。有时,爸爸会干出奇怪的事情来。每次他扬起一边嘴角的时候,我就感到好像我们的长相完全一样。这种感觉很棒。其实,他完全可以多扬扬嘴角的……或者两边嘴角同时扬起来。

第六章

尤西伯伯来访

爸爸驾驶的63路公共汽车会穿行五个小区,几乎在每个街口都要停车。理论上讲,如果他上早班,图罗就有可能坐他的车到城铁站。奇怪的是,他们却很少相遇。即便遇到了,什么事情也不会发生。

图罗给我讲过他第一次在63路上遇到我爸爸的情景。我爸爸只是向他点点头,一句话都没有说。或许他根本就不习惯在工作时说话。以前,在公共汽车上还没有安装路线信息显示屏的时候,爸爸必须用麦克风向乘客报站名(有时他也会忘记)。安装上显示屏以后,爸爸就只是在特殊的情况下才说话。例如:"请不要倚靠在车门上!"或者"轮椅平台已就位"。而在其他时间里,他始终是沉默不语的。

下班后,他把车停在公司的停车场,然后骑上他的"小驼鹿"回家,风雨无阻。路面结冰的日子里,他会给自行车换上防滑轮胎。下雨时,他会穿上塑料雨衣,就像披

着一顶黄色的帐篷。

尤西伯伯来我家的那天,我刚从学校回来,爸爸的"小驼鹿"已经靠在了沙坑旁那锈迹斑斑的自行车放置架上。尽管上的是早班,但他肯定已经到家了。

一进门厅我就闻到了从未闻过的香味,不知谁烤了什么好吃的。

厨房里,爸爸刚打开烤箱门,把烤盘抽出来。他的腰间系着妈妈的花格围裙,手上戴着厚厚的烧烤手套。

"你在做什么呢?"我吃惊地问。

"卡累利阿派。"爸爸说。

"是什么呀?"

"芬兰的特色面点。"

爸爸其实是和同事换了班,就是为了给尤西和玛丽亚做这道面点!这其实就是一种烤制的面饺,看起来很像小小的橡皮船,里面包着牛奶米饭,但不甜,反而有点儿咸味。

我听到客厅的门响,萨米飞快地冲进了厨房。

"什么东西这么好闻呀?"他喊道。

妈妈进了厨房,见到爸爸手里端着烤盘,眼珠子差点儿掉下来。

"噢,苏洛……"她兴奋地吸了口气,尝了一口爸爸

递给她的卡雷利阿派,"这是……这是……噢,真是美味!"

爸爸扬起了右边的嘴角。

"配什么吃呢?"

"香肠。"爸爸说。他最喜欢吃香肠,萨米和我也一样。

"哦,不错。"妈妈有点儿持保留意见,"要不我来给你哥哥他们做点儿特别的吧。他都喜欢吃什么呀?"

"香肠。"爸爸说。

问题都清楚了。

爸爸在阳台把他最喜爱的烧烤炉架擦洗干净,准备烧烤二十根香肠。妈妈负责做土豆沙拉和面条沙拉。我来摆桌椅餐具,而萨米则兴奋地跟着我忙活,帮我从厨房拿我忘了的小东西:勺、杯子、盐和胡椒粉什么的。这是很久以来,我们全家四口又一起同做一件事。每个人都兴致勃勃的。我在想,为什么我们不能经常这样呢?萨米甚至都哼起歌来了!只有他极度高兴的时候,他才会这样做。

最后五根香肠快烤好时,尤西和玛丽亚来了。我先是听到走廊里传来的尤西伯伯雷鸣般的吼声。当他走进客厅朝我微笑时,我才发现,他真是个巨人。爸爸的个头儿已经相当高了,但尤西伯伯比他还要高,可不像爸爸那么消瘦和苍白,而是身强体壮的;健康的面色,寸头的

发式；两条粗壮的腿，就像摔跤运动员。他直接向我走过来，举起金刚般的手臂，用熊掌般的大手握住了我的手。

"你好，马蒂！"他用芬兰语喊道，"Onko täällä saunaa?"

"什么？"我困惑地问。

玛丽亚伯母笑着走了进来。她身材矮小但很苗条，一头大红色的短发，鼻梁上架着副黑色牛角框的小眼镜，但她大多数情况下是从镜框上边看东西。

"他是问你，你们家有没有桑拿房……拜托，尤西，马蒂和萨米不会讲芬兰话，还是讲德语吧。"

尤西伯伯简直不敢相信我不会讲芬兰话。当我告诉他我们这里没有桑拿房时，他立即跑向爸爸，嘴里倾泻出瀑布般的芬兰语，我只听懂了"为什么"和"桑拿"两个词，爸爸却只是耸耸肩膀。

"你好！"萨米向玛丽亚伯母问候。

"哈罗，萨米！"她说，用手摸了摸他的金发，"你的发型和萨米·许皮尔一模一样！"

"是的，而且是同样的颜色！"

"一丝不差。"玛丽亚伯母笑了。

我立刻就喜欢上了她。也许因为她同样是半个芬兰人，就跟萨米、我还有图罗一样。或许，半芬兰人之间交流起来更容易，也比纯芬兰人或纯德国人之间能更好地相互理解。玛丽亚伯母的童年是在她父亲出生的巴伐利

亚州度过的,所以她讲德语的时候,还带着那里的口音。

那真是一个欢乐的夜晚。我们吃着卡雷利阿派和烤香肠,尤西伯伯用半芬兰语半德语讲述着他在芬兰的伐木工作。他和伯母住在普马拉附近,一个叫海基·梅基南的林场主的木材场里,他有很多土地。尤西伯伯每天都和其他林业工人一起砍伐树木,然后锯成厚木板、板条和圆木。大部分木材都会被卖掉,仅留下一小部分制成家具或者木箱或者当作劈柴。

"你们的尤西伯伯是一个真正的jätkä。"玛丽亚伯母深情地看着尤西伯伯说。

"是啊,是啊,这我们都知道。"爸爸说着又为自己斟了一杯伏特加。

"什么是一个jätkä?"我问。

"一个硬汉。"玛丽亚伯母解释,"一个林业硬汉。"

喝过第三轮伏特加以后,气氛越来越热烈,尤西伯伯开始给我们讲他经历过的刺激故事。他和爸爸小时候就认识老梅基南,那时总是在他的木材场里玩耍。长大以后,尤西在林场帮忙,可爸爸有一天不小心把仓库给烧毁了。

"不!"妈妈吓得喊了起来,"这件事我可不知道!"

"行了,别说了,尤西。"爸爸嘟囔着,咬住了下嘴唇。

"在这个仓库里……"尤西伯伯故意压低声音,盯着我和萨米的眼睛说:"就在这个仓库里,你爸爸点燃了他的第一支烟。"

妈妈想捂住萨米的耳朵,但萨米推开了她的手。

"然后,他扔掉火柴。火柴不巧正好落到了刨花上面,点燃了一个微小的火花……"

爸爸扬起了一边的嘴角。

"但你们的爸爸非常冷静,他想:'一点儿火星没关系,火是可以浇灭的。'"尤西伯伯咯咯笑了起来,"于是,苏洛走出仓库,拎回一只桶,把桶里的液体一下子浇上去……没想到'呼'的一声……"

爸爸扬起了两边的嘴角。

"大火立即燃烧了起来……"

爸爸突然大笑起来。说实话,我还从来没有见过他笑成这个样子。

"原来……那是一只汽油桶!"尤西伯伯也忍不住哈哈大笑起来。

"什么?"妈妈喊道。

"看到这阵势,苏洛立即从仓库里跑了出来,对梅基南说:'仓库里面有什么烧着了……',梅基南问:'在哪儿?',他刚一转身,就听到'轰!'"

尤西伯伯双手使劲地拍在桌子上,震得杯子都哗啦

啦地摇晃起来。他雷鸣般地大笑着,妈妈和玛丽亚伯母也跟着尖叫起来。

"顿时,整个仓库飞上了天!"爸爸笑出了眼泪,"但那火焰确实很美!"他咳嗽了几声,擦了擦泪水,"真的,非常美丽的火焰!"

"是啊,是啊,浪费了多少好柴火!"尤西伯伯的脸已经通红了,两个人的笑声越来越大了。

萨米看了看我,用手指敲了敲脑门儿。

等大家稍微平静了些,尤西伯伯又给自己倒了杯酒,接着说:"当时我以为,我再也不能给老梅基南工作了。可你们猜怎么着?现在我却被他指定为接班人。我将成为木材场的新头头,从下周起我们就可以搬进前面的主楼住了!"他看了一眼玛丽亚伯母。

"噢,尤西!"她兴奋得不知说什么好了。

瞬间一片沉静。

爸爸突然站了起来,拿起一把小勺,敲了敲酒杯:"我也有件事要宣布!"

我发现他已经有点儿站不稳了,可能是伏特加在作怪。

"这件事,其实我现在还不应该说出来。我获得了一份新的工作,是一家外国手机厂商,他们看上了我设计的游戏,许给了我梦幻般的薪酬。最棒的是,我们会搬到

国外去,住在那儿的一栋湖边别墅里。"

妈妈、萨米和我都瞪大了眼睛。

"可是……"妈妈说,"什么意思?去国外?哪儿呀?"

"瑞士。"爸爸说完就坐下了。

"太好了!"尤西伯伯喊道,又为自己倒了一杯酒。

"住别墅……"妈妈轻声重复着,她完全被这个消息惊呆了,"而且是在湖边——噢,苏洛!"

第七章

瑞士童话

妈妈、萨米和我简直不敢相信这飞来的鸿运。一栋湖边别墅,妈妈已经盼望了很多年,而我也一直梦想着,爸爸有天能靠手机游戏而名扬世界,永远不必再去开公共汽车。

"我们要搬家啦!我们要搬家啦!"萨米一边唱着歌一边在各个房间里跳来跳去。

妈妈拿来香槟和橙汁,我们大家一起碰杯庆祝这件喜事。

后来,萨米还想知道砍倒一棵树到底需要多长时间。尤西伯伯说:"九秒钟。"因为他有一台有驾驶室的机器,就像一辆铲车。人们称这种机器为"全能伐木机"。它不仅能够在瞬间伐倒一棵大树,而且还能快速去除所有的枝叶和树皮,并把树干锯成小块。

"我真想看看这种机器。"萨米说。

"你到芬兰来,我给你看。"尤西伯伯说。

我们充满期待地望着爸爸。

"这个嘛……"他说,"现在可能有点儿困难。过些日子我们就得搬家,我还必须先熟悉新的工作环境,肯定不会很快得到假期的。"

"当然,这我能理解。"尤西伯伯说。

第二天我在公交车上告诉图罗我们要搬离德国时,他一点儿都不高兴:"要去瑞士?糟糕透了!你知道这意味着什么吗?我们可能永远不会再见面了!"

说实话,我还真没有仔细想过这件事。"我们还是可以相互探望的。"

"是啊,多好啊!也就一年一次吧!"图罗说完这句话就一直垂着头,一路沉默不语。

德语课上,蒂勒老师让我们写一篇作文。题目是:"我生活中的变化"。

一般情况下我不太喜欢写作文,但这一次我却想到了很多。当其他同学都写完时,我还一直在写。

"已经够了,马蒂。"蒂勒老师边说边把笔从我手中拿走,"只是写一篇作文,又不是长篇小说。既然你喜欢这个题目,就到前面来给我们大家读一下吧!"

我走到前面,开始朗读我的作文:

我的生活中正在改变着什么

马蒂·佩卡南

一切都变了。因为我们要搬到另一个国家去，就是瑞士。在那里，我们不再住高层公寓，而是一栋湖滨别墅。我一直想有一艘橡皮船，可我的父母总是说，附近又没有水域，买一艘橡皮船是很愚蠢的，尽管离我家不远就是野鸭湖。但如果我们就住在湖边，买橡皮船就理所当然了，所以我敢肯定，我会有这样一艘船的。

我弟弟萨米今年暑假后就要上学了，本来准备上我家附近的埃哈德小学。现在好了，他能去瑞士上学了，所以他很高兴我们能搬家。我的父亲本是一名公交车司机，可现在成了手机游戏研发员，在一家大公司工作，薪水很高。他肯定会出名的。我的母亲可以去一家新的医院上班，那里可能不会像现在的工作那么紧张。到了晚上，我们全家可以坐在湖边欣赏落日。在新别墅里，我父亲会有一间工作室，他会长时间地坐在那里忙到深夜，开发他的新手机游戏。而我呢，也终于会有属于自己的房间，因为别墅很大，房间很多。这样，我和小弟就不会再争吵谁睡在上铺，谁睡在下铺……

"完了。"我说。

全班同学都鼓起掌来。

"这真是很大的改变。"蒂勒老师说,"你们将搬到瑞士的哪个语言区呀?"

我根本就没有想过,瑞士是分很多语言区的。"就在有湖的那个区。"说着,我回到了座位上。

蒂勒老师笑了。"瑞士是有很多湖的。瑞士人说三种不同的语言,甚至是四种。有一个地区讲德语,其他的讲法语或意大利语,还有一个较小的地区讲罗曼什语。"

"哦!"我说,"但愿是住在讲德语的地区。"

图罗又看了我一眼,表情阴沉得好像面临世界末日。我念完作文后,他是唯一没有鼓掌的同学。"你一点儿都没有提到我。"他小声说。

"可我该写什么呢?"我反问。

"算了。"

下课时,蒂勒老师把我叫到身边,建议我最好马上去校长秘书室,告诉他们我的父母很快就会来办退学手续。

放学后,我往出租车的方向跑时,图罗拉住了我的胳膊。"马蒂,"他说,"你问过你父母了吗?能让你和我们一起去度假吗?如果行的话,我还会高兴点儿。"

"这是肯定的。"我说,"我一定去问。我保证。图罗,今天还让我们带你一段吗?"

"不，我父亲来接我。拜拜，马蒂。"

"拜拜，图罗。"

我告诉了库尔特舅舅要去瑞士的消息，他吃惊极了。

"什么？那样我的小妹就不住在我的附近了，而我的大外甥也不在了，多么可惜呀！你很高兴，是吗？"

"是的！"我兴奋地说，"我特别高兴！尤其是我们将住在一栋湖边别墅里！"

"在湖边的别墅？"库尔特舅舅说，"这听起来很贵啊。你爸爸是从哪儿得到的这栋别墅？"

"我想是聘用他的新公司送给他的。"

"啊？"库尔特舅舅从后视镜里看了我一眼，表情有些怪异，"这还真是一家可爱的公司。"

妈妈坐在餐桌旁，守着一杯咖啡发呆。显然，她刚刚从诊所下班回来，因为她身上还穿着夹克。

"哈罗，妈妈。萨米哪儿去了？"

"去找青蛙班的小朋友玩儿了。"她的声音听起来很奇怪，这时我才发现，她的眼圈红红的。

"诊所里又有麻烦了吗？"

"不是诊所，是你的父亲。就因为他编造的那个倒霉

的湖边别墅童话!"她从夹克兜里掏出了一块手帕,擦了擦鼻子,眼眶里满是泪水。

我有些不安。"难道爸爸从公司得不到那座别墅了吗?是因为太贵吗?"

她气愤地用手掌拍了一下桌子。"什么贵不贵!"她喊道,"他讲这个故事,就是为了在尤西面前显摆一下。而我还真的相信了他!"

我盯着她说:"你的意思是……我们根本就不搬家?"

妈妈摇了摇头,攥紧了手帕。

我简直不敢相信。我首先想到的是我书包里的那张退学申请表。图罗和我下课后就从校长秘书室把它领来了。

"这不是真的,妈妈。"我说,"爸爸为什么要这样说呢?"

妈妈站了起来,费力地脱下夹克,扔到了椅子上。然后她喝掉了最后一口咖啡,把杯子和盘子拿到水池去冲洗。

"但这就是事实。"她说,"你的爸爸和尤西伯伯曾进行过一场愚蠢的比赛,很久以前就开始了。他们俩谁都想超过对方。你爸爸总是抱怨,嫌你的爷爷偏爱尤西伯伯。"

对爷爷,我只知道他喜欢喝酒,因为他的妻子很早就去世了。妻子死后,他就搬到了赫尔辛基,住在一套很小的公寓里。

"为什么?"

"鬼才知道!"妈妈骂着把一只锅摔到了炉灶上,准备烧水煮面条。"或许是因为尤西伯伯更像个硬汉吧!"

我回到房间。

没有橡皮船。没有湖边别墅。没有瑞士,不论德语区、法语区还是意大利语区,都没有。也没有手机游戏,更没有搬家。

真想大哭一场。爸爸回来以后,我拒绝去厨房和他们一起吃晚饭。

萨米仍然在青蛙班小朋友那里没有回来。小朋友的妈妈打来电话问他能不能在他们家过夜。我暗自高兴,因为这样我就可以单独一个人在房间里思考问题了。

爸爸编造的瑞士童话是个巨大的错误,彻底扰乱了我的世界。这天晚上,我躺在床上久久不能入睡,一直思考着如何才能纠正这个错误。但我没有想出什么办法来。

第八章

谎言比竹子长得快

第二天,蒂勒老师在课上问我,"你现在知道你们将搬到瑞士的哪个地区了吗?"

多亏我昨晚看了一眼瑞士地图。"在德语区。"我说,"在苏黎士附近。"

"啊,苏黎士,真好。"蒂勒夫人说,"我有个阿姨也住在那里。她是做导游的。你们去了以后,可以给她打电话。"

"哦,谢谢。"

课间休息时,图罗又问我是否和父母谈了去度假的问题。

"是的,我问过了。"我这么说的,"很可惜不行,因为暑假以后我们就要搬家,还有很多事情要做。还要进行装修,特别是浴室,要装一个新的浴缸。"我不知道我怎么一张口就说出了这些话,它们好像是从我口中自己跑出来的一样。"不过,你或许可以在秋假时来看我们。瑞

士不像芬兰有那么多蚊子。然后我们就可以一起划橡皮船了……或者乘我们的快艇!"我继续胡编,"我爸爸今后会赚很多钱,我们肯定可以买一艘快艇,这是我很久以来的愿望。"

图罗张大了嘴奇怪地看着我。

"你为什么这种表情呀?"我生气地问,"有什么地方不对劲儿吗?"

"我说,马蒂,"他摇着头说,"我还真不知道,原来你是个爱显摆的人。"随即他转身走开了,把我一个人晾在了那里。

"你的朋友呢?"我上车后,库尔特舅舅问我,"我们今天不带他一起走吗?"

"不,他的母亲来接他。"我又撒谎。实际上,图罗下课后没和我打招呼就自己去赶公共汽车了。

库尔特舅舅的汽车缓慢地开到了下一个街口。

"你是不是搞错了?"他惊讶地看着后视镜说,"他正在后面跑呢,要不要停下来等他一下?"

"不要!"我喊道,"既然他愿意跑,就让他跑吧!"

"好了。好了。就听你的。"库尔特舅舅安慰我说。

汽车开到图罗身边时,我赶紧朝他扫了一眼。他的目光朝着正前方,双手紧拉住书包的两根背带,书包上

贴着驼鹿图案。

库尔特舅舅和我好长一段时间都没有说话,这种情况在过去是很少发生的。

"你生气了?"他终于先开口。

"不,我没有。可是,告诉我,如果一个人说了假话……"

"啊哈?"库尔特舅舅说,并从后视镜里看了我一眼。

"啊哈?啊哈什么呀?"

"没什么。只是说说而已。"

"假如说,如果有人先撒了个谎,而我也跟着撒了个谎,为的是不让人知道之前那个人说的是谎话……这算什么呢?"

"如果我理解正确的话,那就是两个假话。"库尔特舅舅说,并打了转向灯。

"没错。那么,第二个谎比第一个谎更坏吗?"

库尔特舅舅接下来说,谎言比竹子生长得还要快(妈妈的词典里说:竹子每天长高一米!),快得让你不知道它会向何处蔓延。这就是谎言的坏处,而是谁第一个说出来的并不重要。所以,他认为最好不要撒谎,更不能连续撒谎,否则会惹来一大堆麻烦。

这我现在已经知道了,而且事实已经证明了舅舅的正确。可另一方面,我又不能对蒂勒老师、班上的同学还有图罗说实话,那样他们会认为我的爸爸是个骗子。整

件事是如此难堪,我很懊恼当时为什么偏偏是我去当众朗读那篇作文。

我下车时,舅舅还在问我们什么时候搬到瑞士去。

"现在还不清楚,明天见吧。"我赶紧说,奔向了家门。

家里还没有人。我坐在厨房里,翻阅着一直放在桌子上的图罗给我的旅行资料,我欣赏着豪基沃里的度假别墅——那是一栋我很想和图罗一起在里面度假的真实存在的小别墅。可愚蠢的是,我竟然邀请他秋假时去一个并不存在的别墅看我。

下一页上有一座十分美丽的湖边小木屋。湖边停泊着一艘橡皮船,正是我朝思暮想的那种。

照片下面有几行说明文字,我只看懂了"七百欧元"这几个字。难道这栋房子只售七百欧元吗?或者七百欧元是租金?我得去问问图罗。如果那里的房子这么便宜,妈妈和爸爸或许可以去买一栋,或许离图罗的别墅不远。

走廊里传来了妈妈的声音,她刚刚从超市回来:"马——蒂,帮我把这几个提袋拿进去!"

她把夹克挂在衣钩上,我把提袋送进厨房。然后我拿起那份带有别墅照片的芬兰旅行资料,递到她的鼻子底下。

"很美!"她说着打开了柜门,去整理东西。

"这就是图罗在芬兰的度假别墅。"我说,"他的父母很希望我能跟他们一起去度假。"

"那我和你爸爸不得花钱吗?"妈妈说。

"花钱又怎么样?"

"马蒂,我们没有这方面的预算。萨米过完夏天要上学了,还有很多东西要给他购置。"

"那如果我去尤西伯伯那里呢?"

"你爸爸肯定不同意。况且,机票也不是免费的。"

我回到自己的房间,愤愤地把那份资料一下子扔到墙角,再把自己使劲地扔在床上。看来,到芬兰去度假是没戏了,板上钉钉的。

过了一会儿,萨米像闪电一样冲了进来。"嘿,你!别躺在我的床上!"他喊道,并把书包扔到墙角,下一秒钟又消失不见了。

透过打开的房门,我听到了他们青蛙班小朋友蒂莫的声音。蒂莫的母亲早上把两个孩子送去幼儿园,中午又接回来,现在把萨米送回了家。

就在这时,电话响了。妈妈拿起电话,简短说了几句,又把话筒扔了回去。

几秒钟后,她冲进我的房间,随手关上了门。"说,马蒂,你是不是彻底疯了?刚才图罗的妈妈打来电话告诉

我,他们同意图罗在秋假时到瑞士来看我们。你为什么给他们编这样的故事呀?"

"你要搞清楚,是爸爸编故事在先!"我气愤地喊道,"但愿你没跟她说我们根本就不搬家了吧?"

"当然说了!要不还能讲什么?我告诉她,是你理解错了。"

我感到很不舒服:"怎么是我理解错了?你怎么不说实话?!"

"马蒂,这种事不能到处乱讲。而且爸爸也明确表示,这需要保密。这真的是你的错。"妈妈说完就转身走了,把我单独留在房间里。

我愤怒极了,气得肚子都疼了起来。本来是爸爸撒的谎,现在却把一切过错推到我的头上,只因为我这个傻瓜相信了他的鬼话,在德语课上就此写了一篇作文还阴错阳差地当着全班同学的面朗读了一遍。

这不公平!

晚上,萨米和我都钻进被窝以后,我问他:"我们不搬家了,你觉得怎么样?"

"为什么?"他反问,"我们会搬家的,不是吗?"

我屏住呼吸:"爸爸和妈妈没有跟你说?"

"马蒂,我们到底搬不搬家?"

"不搬,可惜是你理解错……啊……不,很不巧,这回我们搬不成了。"我差点儿让妈妈说我的那句话脱口而出。

"哦,那也挺好。"我听到下铺萨米的声音,"这样,我就可以经常到蒂莫家去过夜了。以后我们还要上同一所学校呢!"

看来,萨米的世界和我的不一样。

"那好吧,祝你一切顺利。晚安,萨米!"

"晚安,马蒂!"

第九章

中奖通知书

　　第二天早上,我到公交车站时,没有碰到图罗,这很少见。或许他乘上一班车先走了,或者还在等下一班车,只是为了避开我。

　　在车上,我不由得想到了萨米,想到他为了能够和蒂莫一起上学而高兴的样子。我突然意识到,搬家去瑞士这件事让我兴奋得过了头,竟然把图罗这个朋友都抛在了脑后。这样看来,搬不了家其实也是件好事,我和图罗就不必分开了。他毕竟是我最好的朋友,甚至是我唯一的朋友。

　　我决定立即找他谈谈。但我刚一进教室,就发现他没有坐在我们的连桌椅子上,而是坐到了穆拉特旁边的空位上,尽管他俩并没有什么交情。

　　蒂勒老师发现后,抬了抬眉毛,没有说什么。

　　课间休息时,我差点儿不小心把图罗撞倒。其实可以趁机和他聊上几句的,但我就是想不出该说什么,所

以我们继续保持沉默,直到上课铃声解救了我们。

这一天,又是他的母亲来接他。当我上了库尔特舅舅的汽车时,突然感觉特别难受,舅舅察觉到了,他马上转过身来,而不是像其他出租车司机那样从后视镜里看人。

"你脸色不太好,马蒂。"他说,"另外,我昨天晚上和你妈妈通了电话,知道了瑞士的事……"

我轻轻叹了口气。

"挺不光彩的……"他继续说,"你爸爸竟然做出这样的蠢事,我觉得很遗憾。让你白白高兴了一场。"

然后,他发动汽车。我们今天破例走了一条小路,从冷食店门口经过时,他为我买了香蕉冰激凌,加了很多巧克力酱。

之后,我感觉好些了。

到了小区门口,我下车,库尔特舅舅摇下车窗,拍着我的肩膀说:"马蒂?"

"什么?"

"不要折磨自己了。把事情的真相一五一十地告诉你的朋友,他肯定就不会生气了。"

显然,库尔特舅舅已经看穿了我的心思。

"那我能告诉他是我爸爸先撒的谎吗?"

"能,就应该这样说。这不是背叛。在这种情况下不是。"

"谢谢。你是世界上最好的舅舅。"

他咧开胡须下面的嘴,露出了笑容。

"我知道。"他嘟囔了一声,两边眉毛都跳动了几下。他挥了挥手向我告别,开车走了。

我进家门后,客厅里的景象把我惊呆了。沙发旁的小茶几不见了,取而代之的是一张之前一直放在地下室的高脚桌。桌子上摆着一台电脑显示器,妈妈正坐在那里移动着鼠标。

"电脑!"我兴奋地喊了起来。我已经问过妈妈一千次了,我能不能有一台电脑,因为爸爸的电脑十分神圣,除了他谁都不许碰。可妈妈总是以家里没有地方摆为借口,其实我知道她是嫌贵。

"是的,终于有了。"妈妈轻声道,"我的同事布丽特确实是个好心人。我今天跟她提到我们没有电脑,至少没有我和孩子的电脑时,她立即就把她丈夫的旧电脑送给了我。他们每年都要买一台新的。她还当即帮我连了起来。很棒吧?"

"真棒!"我兴奋地看着显示器,"我也可以用吗?"

"当然。"妈妈说,"不过稍等,我正在找新工作。我必须离开现在的诊所,那个医生简直是个疯子……我先来看看招聘信息……"她念道,"啊……在哪儿呢?"

"右下角,点那个绿色的窗口。"我说。

"嘿,对。"妈妈的鼠标箭头向下移去,"谢谢你,马蒂!真不知道没有你我该怎么办。请你暂时照看萨米半个小时,好吗?然后我就去做饭。"

萨米正在房间里用大炮攻击一个个小玩具人,整个地毯就像是一个战场。

"别踩到死人身上!"还没有等我往里走,他就喊道。

我想请妈妈在网上找一套有两个儿童房的比较便宜的公寓。因为我每次回家前都不知道房间里到底会乱成什么样子,写作业时也不得安宁,长此以往,我的神经非崩溃不可。

"无聊死了!"最后一名塑料士兵被打倒在地后,萨米撅着嘴说,"妈妈说,你放学回来后会陪我玩儿。"

"她的意思是,我可以用胶布把你的嘴封上,好让我能得些消停!哪怕一分钟也好!"我说。

萨米转着眼珠哈哈大笑起来。

看来妈妈忘记了,我自己还是个孩子,而不是孩子的保姆。

我突然想起来,我们还可以去一次银行,好把爸爸给的50欧元捐出去。萨米听了很高兴,但我让他保证这次绝对不能和妈妈说一个字,否则又会为了钱而起争执。他用双手捂住嘴,使劲儿点点头。

"还有,这次得由我决定捐给什么动物。"

他再次点头。

但当我们来到银行时,他却大闹起来,就因为我想为鲸鱼捐的钱数比他给长颈鹿捐的多了。

接待我们的银行女士很友好,她说其实我们不用指定捐给哪种动物,因为动物保护组织肯定会把捐款安排给当前最急需帮助的动物的。所以,我们就在付款单上写道:《救救动物》(长颈鹿和鲸鱼以及所有需要救助的动物),我觉得这个写法完全准确。

我们到家的时候,妈妈还坐在电脑前,显示器旁边有一只空咖啡杯和一个小盘子,上面放着被咬了一口的奶酪面包。

"我饿了!"萨米喊道。

"马上就好。"她说着举起了手。

"你在干什么呢?"我问。在屏幕上可以看见一栋房子,背景是一片湖水。

"我想赢得一栋湖边别墅。"她嘟囔着,头都没有抬一下。

"一栋别墅?"我还从来没有听说过可以赢房子的事。

"只要花五十欧元就可以参加这个抽奖活动。"妈妈说,"抽到大奖的那个人可以赢得一栋房子,很棒吧?可惜全都是在国外的房子,因为我们德国法律是不允许拿房子当奖品的。这个活动是在苏格兰。但也有瑞典、法国、西班牙、芬兰……"

"芬兰?"我喊道,"快让我看看芬兰的房子!"

妈妈点了下鼠标,屏幕上出现了一张照片,上面有一栋很大的湖边别墅。岸边的杨树在风中摇曳,房前还有一条木板小路通向湖边。

"就要芬兰这栋吧,妈妈。"我乞求道,"求求你,就要芬兰这栋,好吗?"

"那就听你的。"她笑着说,"咱们现在就买这张彩票。但你们千万不要告诉你们的爸爸,好吗?等我们中奖了再告诉他。"

我答应了她。

这一天剩下的时间里,我兴奋得不知干什么好,一切都乱了。我甚至无法集中精力写作业,只好明天到我们的超级"大聪"保罗那里去抄答案了。在这之前,我还是没想出来如何去纠正爸爸的巨大错误,可现在,我突然有了主意!他曾许诺我们一栋根本就不存在的湖边别墅,但如果妈妈的彩票中奖,我们就又有了一栋。最妙的是,这栋别墅不在瑞士,而是在芬兰,那个我必须要去的国家。如果那里有一栋房子属于我们,那爸爸肯定也愿意和我们一起去。那样我就可以在夏天到图罗的度假别

墅去看望他了,当然他也可以到我家来!

这天夜里,我梦见图罗和我一起划着橡皮船在镜面般蓝色的湖水上嬉戏。

第二天早上,我发现在我家的信箱里插着一张粉红色的卡片,上面写着:您中奖了!我的心开始狂跳起来。这么快就中奖,这可能吗?我颤抖着手指从信箱里抽出那张卡片。

恭喜,您中奖了!
幸运之神来到了您的身边!

卡片背面写着:

这不是玩笑!
请即刻拨打下面的电话号码,确认您的中奖!
0180 406070708080

我的欢呼声显然太大了,住在一楼右侧的迈尔奶奶推开她的房门喊道:"这么早喊什么喊?别人还在休息呢!"然后她重重地把门摔上,全楼的人都能听见。

我刚想出门,目光突然落在了她家的信箱上。那里

也露出了一个粉红色的纸角!我小心翼翼地从信箱往外抽,同样抽出一张粉红色的卡片,上面写着同样的内容。三楼施密特家的信箱里也有一张这样的卡片。还有穆施科夫斯基、福勒格、和库尔曼家的信箱,都是如此。

我觉得有些不对头。难道每一家都买了这种彩票?不可能啊!迈尔奶奶这么大年纪了,肯定对电脑一窍不通,家里有没有电脑还不一定呢。可我又想,看来我们楼里还是有不少人愿意住湖边别墅的。

难道,谁先打电话谁就可以得到别墅?保险起见,我把所有卡片都抽了出来,塞进书包。

抽这些卡片耽误了我很多时间,致使我第一次没有赶上城铁,而多等了一刻钟。当我终于来到19路车站时,它却刚刚开走。

我坐在候车亭里发呆。突然我跳了起来,因为我刚想起来,在城铁站大厅有一台老掉牙的投币电话。如果我现在就给彩票公司把电话打过去,或许我就是第一个报到的人,就能保住这栋湖边别墅了!

我往投币电话里塞进了我所有的硬币。我拿起听筒,刚拨了几个数字,突然听到里面发出嘶嘶的声音,然后又传出持续的嘟嘟声,显示屏上出现:余额为零!请继续投币!

我气得使劲砸了一下电话机,那也无济于事——还

没等我把号码拨完,这台该死的电话机就吞走了我全部的硬币。

我只好回到公交车站,却眼睁睁地看着一辆19路亮着红色的尾灯从前面的路口转过弯消失了。

真糟糕,马上就到八点了,我快迟到了!

这时天又开始下起小雨来。

我的目光转向出租车停靠位,如果我有钱,就可以叫一辆出租车,用不了几分钟就能到学校。

两分钟后,一辆载着乘客的出租车从我面前飞驰而过,突然轮胎发出"吱吱"的刹车声停在马路中间。

先是库尔特舅舅那熟悉的喇叭声,然后是他那熟悉的喊声:"马蒂!你站在这儿干什么呀?快上车!"

我赶紧跑过去,爬上后座。旁边已经坐着一位高贵的女士。

"这实在太放肆了!"她喊道,"我可是电话订的车。"

"对、对!"库尔特舅舅说着踩下了油门,"您别着急,我们只是从学校门口过一下……也不会多收您的钱。"

"但浪费了我的时间!"女士骂道。

"库尔特舅舅,你能把手机借我用用吗?这很重要。"

"为什么?"

我摇了摇手中的粉红色中奖卡片,给他念了上面的内容。

那位女士瞟了我一眼。

"上帝!"她大声说道,"现在还有这种事?我曾打过那样的电话,那都是骗人的,是真正的欺诈!他们只是想让你给一个话费超贵的号码打电话,好赚黑心钱。千万别去理它!"

她的话我一句都不相信。我对她说,我的母亲参加了一个抽奖中别墅的活动,而这张卡片就代表我们中奖了。

但库尔特舅舅认为,这张卡片和抽奖活动毫无关系,而且要付高昂话费的电话号码的陷阱确实存在,那位女士说得很对,我最好不要打这个电话。那张卡片上会写着"这不是个玩笑"反而让它更加可疑,简直就是此地无银三百两。

一分钟后,汽车在学校门口停下,我下了车。告别的时候,舅舅说:"马蒂,你对妈妈中奖赢房子的事不要抱太大希望。得奖的概率真的不是那么大。买彩票这种事永远是花钱买的人多,中奖的人少之又少。"

说实话,我不明白大人是怎么想的。他们承诺会在野鸭湖里养海豚,承诺会捐款去救鲸鱼和长颈鹿,承诺会搬家会住进湖边别墅,承诺只要打一个电话就能赢得大奖……可这一切,又全是假的!

这到底是为什么呢?

第十章

应聘管家

课间休息时,我去找图罗,想向他道歉。他坐在校园中央环绕着一棵老橡树的圆圈椅子上,我过去坐在他身边,告诉他搬家去瑞士的事完全是我父亲编造出来的,只是为了跟尤西伯伯斗气。

"但后来我也撒了谎,因为我不知道应该怎么说这件事。"我解释着,"我很抱歉,真的。还有那些显摆的话。因为我确实很高兴能够住上一栋大房子……因为我想有自己的房间。"

图罗没有说话。

"你要知道,现在我又很高兴不搬家去瑞士了……就是因为你。我们还可以像以前一样经常见面了。"

图罗露出了笑容:"真的吗?"

"真的。你是我最好的朋友。"

他抬头看了看太阳,抽了抽有雀斑的鼻子:"你也是我最好的朋友。所以我才希望和你一起去芬兰度假。"

我告诉他我妈妈不同意,因为我们没有钱。

"可恶。"他叹了口气。

铃声响后我们回到了教室,图罗拿好他的东西,又回到我旁边的座位上,穆拉特嘟囔了句"一对小情侣",图罗冲他耳朵说了些什么,他立即就闭上了嘴。

"嚯!"我佩服地说,"你跟他说了什么呀?"

他冲我笑着说:"我让他闭上他的臭嘴,否则我就走到前面向全班宣布,他过马路时还一直让他妈妈领着手。我最近看见了他们。"

第二个课间时,我从书包里拿出图罗的芬兰旅行资料,给他看了旁边写着七百欧元的那栋房子。

"就是这个,你看看。"我指着照片说,"是说买这栋房子只要七百欧元吗?"

图罗笑了。"不,芬兰的房子要比这里贵得多,度假别墅更贵。这是一栋真正的大房子。这写的是:招聘临时房屋管理员,为期两个月,月薪七百欧元,可以免费住宿。"

"哦,原来是这样。"

图罗继续往下看,并开始用手指拨弄着下嘴唇。每当他思考问题时总会这样。"这还写着,这是一份七八月份的临时工作,正是我们放暑假期间。你爸爸能不能去应聘啊?这样你们就可以免费住在那里了,而且还能赚

点儿外快!多棒呀,是不是?"

"我不知道……他又没有暑假,可能还得工作呢。"

"嗐,房主的要求很简单,就是修剪草坪,我们也能帮他呀!你看,照片上还有一只橡皮船呢!"

真是一举两得,不仅不用花钱,反而还能赚点儿小钱,这个想法我喜欢,爸爸应该也不会有什么意见吧。

"但愿这个超级棒的工作不会被人捷足先登了。"图罗说,"让你爸爸现在打电话吧。"

但这不可能,他今天上晚班,半夜才回家。

我们考虑来考虑去,最后图罗想出了一个很棒的点子,由他的哥哥雅利替我爸爸打这个电话。雅利十六岁了,嗓音低沉,说起话来总是被当成大人,他完全可以假装是我爸爸!

放学后,库尔特舅舅把我们送到了图罗家。我们用了将近半个小时,才说服了雅利接受我们的请求,条件是图罗必须替他承担今后两天的洗碗工作。

"说吧,让我说什么?"他用狗熊一样的低音问。

"我是苏洛·佩卡南。夏天管家那份工作还有吗?"我教给他。

图罗把那份广告递给他哥哥,上面有电话号码。雅利在电话机前坐了半天,呆看着话筒,并咬着嘴唇。然后他拿起话筒,先拨了芬兰的区号,然后是广告上的号码,

图罗和我都屏住了呼吸。

"嘿,我是苏洛·佩卡南!"他吼道。然后,奇怪的是,他什么都不说了,时间很长,我甚至开始有点儿担心了。不知过了多久,他用手捂住话筒,小声问我:"苏洛·佩卡南是不是住在梅基南木材场的那个尤西·佩卡南的弟弟呀?"

"啊,为什么问这个?"我吃惊地问。

雅利摆了一下手,然后继续讲话。他边说边笑,还用笔记下了些什么。最后他说了一声"再见!"就放下了话筒。

"一切都清楚了。"雅利神气地说,"是房主接的电话。他叫马尔库。他让我……就是你父亲到米凯利的梅克雷夫人那里去取钥匙。地址我已经记了下来。最后他笑着说,让我千万别把他的房子也烧掉了。真幽默!"

显然,爸爸在木材仓库纵火的事早已传遍了整个芬兰。

图罗对我爸爸得到了这份工作很高兴,甚至欢呼了起来。他举起拳头,摆出一副拳击手的架势。"马蒂,你知道最妙之处是什么吗?"

"不知道。"

"普马拉离我们并不远。你们在米凯利以南,我们在米凯利以北。这样我们在假期就可以经常见面了。"

我呆住了。"普马拉?"我问,"为什么是普马拉呢?"

"招聘管理员的马尔库先生就住在普马拉呀。"图罗把广告推到我的眼前,用手指着照片下面的说明,"喏,你看看这里:房子位于普马拉。"

我的膝盖又发软了。"这不是尤西伯伯住的地方吗?我父亲肯定不会到那里去的,因为他们俩一见面就吵架。可恶!这个工作他一辈子都不会接受的!"

"哦。"图罗说。

"那你能不能把它退掉啊?"我请求雅利。

"不行。"他说,"这事儿得让你父亲自己去办。"

第十一章

上天的启示

自从尤西伯伯和玛丽亚伯母来过以后,爸爸和我几乎一句话都没有说过,虽然我们平时就很少交流,但这次的沉默却包含着另外的意义:不仅仅因为我们没有兴趣说话,还因为我们没有勇气说话,尽管我们之间其实有很多事情应该说清楚。

我思考了两天,还是不知怎么开口对爸爸说关于去普马拉接受管家工作的问题。在我的想象里,我仿佛已经听到了他的回答:"不,谢谢,马蒂。硬汉尤西,现在的木材场新头头儿,如果看到他的兄弟在假期还得干管家的营生,还不把我笑话死!根本不会考虑,我们哪儿都不去,就待在这里。"

图罗不时问我,我爸爸是否已经给马尔库打电话辞掉了那份工作。"目前还没有,因为我们或许会去的。"我又撒了谎,"因为我的母亲也想在假期去芬兰看看。"而实际上,这件事成功的可能性几乎等于零。

那是雅利给芬兰打电话后的第五天,我从学校回家时,发现了我们的信箱里有一个精美的奶白色信封,发信人是"国际房屋抽奖活动基金会"。我的心又狂跳起来,从信箱里取出信封时,手指也开始发抖。我长时间地盯着信封,希望我的目光就像伦琴射线,能把信封看透。

妈妈和萨米还没有回来,爸爸可能坐在他的狼窟里面,什么都不会知道。

我从厨房抽屉里找到一把小刀,把信封打开,读了起来:

关键词:塞马湖区的别墅

尊敬的第32期抽奖活动的参与者:

我们谨此确认您参与了上述抽奖活动。

您的抽奖号码是:SAIM 39283

开奖时间将公布在以下网址:

www.meinhauslos.de

请您耐心等待!

我失望地把信放下。请您耐心等待,这就意味着,中奖号码可能要到暑假以后才能揭晓。但我现在就需要这栋房子。真是叫人发疯!每当我看到一点儿希望的时候,总是会出现什么岔头儿……

我突然想起来，抽奖的事情不能让爸爸知道，于是我又把信封拿回我的房间，拉开我的秘密抽屉，把它塞到里面，打算等妈妈回来后再说。

谁能想到，就在这时却出了大事，那是一个上天的启示，一个宇宙的信号。

在推上抽屉之前，我朝里面瞟了一眼，正好看到图罗的广告中关于招聘管家的那页。而那张粉红色的中奖卡片，恰好盖住了广告页的上半部分。

这简直就是一个奇迹——广告的上半部是中奖卡片上的话：

恭喜，您中奖了！
幸运之神来到了您的身边！

招聘管家的那些芬兰文字正好被上面的话盖住，而下半部就是那张照片：普马拉别墅。湖边停着一艘大橡皮船，似乎正在等待我的到来！我现在要做的只是稍微动动手，把两个部分合二为一，变成一张完整的中奖通知书，然后塞进信封里面……这样我们就会得到这栋别墅！至于说，这栋别墅并不属于我们，等我们到那儿以后我可以再向妈妈和爸爸解释。这样做最大的好处就是先斩后奏。即使他们知道了真相，也没法立即回来。或许爸

爸真的可以为马尔库修剪草坪。这又有什么难的呢？

我越想越觉得这一切很合乎逻辑。我小心翼翼地把广告上有照片的那一页剪下来，拿起钥匙，去附近街口的复印店。我把两张纸一起放在复印机上，出来的效果非常理想，看起来就是一份真正的房屋抽奖活动中奖通知书！

我只需要回家把它往信封里一塞——就大功告成了！

妈妈进家门后，累得一下子坐在厨房的椅子上。"这个上司真是够呛！"又是和每天一样的抱怨。

"萨米还在幼儿园吗？"我问她。

"青蛙班今天参观动物园，所以他要晚回来。我过一会儿去接他。你背后藏着什么东西，马蒂？"

"我有一个惊喜给你。"我说，并把已经打开的信封递给她。

妈妈皱了皱眉头："但愿不是你们校长给我的告状信。"然后她从信封里抽出纸片，念了一遍，突然高声尖叫了起来："这是……噢，上帝呀！"她跳了起来，开始在厨房里手舞足蹈。她与上司的纠结也一扫而光了！

妈妈高兴得就好像她已经拿到了那栋房子的钥匙。

"嘿，苏洛！"她奔向爸爸的房间，"苏洛，快来看哪！"

狼窟的门开了，我父亲从浓浓的迷雾中来到了门廊。

"我们中奖了!赢得了一栋别墅!苏洛!"妈妈喊得有些喘,"一栋房子!一栋真正的房子!在芬兰!看,就是这个!"

爸爸看了两遍,然后扬起了右边的嘴角说:"真的是这样!"

"现在你可以高兴了,马蒂!"妈妈说着冲我笑了起来。

"帅呆啦!"

"我马上就打电话。"我听爸爸说道,"这有个电话号码。"

那个芬兰电话号码!我把它给忘了!爸爸拨电话时,我呆立在旁边,感到胃部开始一阵阵地发紧,头上也浸出了汗珠。

"嘿,我是苏洛·佩卡南!"爸爸朝话筒里大声说道。然后好长一段时间没有说话。接着他笑了,又说了几句并写下了什么,最后他说了"再见!"就放下了话筒。

"一切都搞定了。"爸爸宣布,"接电话的是一位可爱的女士,叫里特娃·梅克雷,她在米凯利。她知道这件事,让咱们七月一日就过去。先从她那里拿钥匙。"

我心里的一块石头落了地。

"苏洛,这一切是真的吗?"妈妈的眼眶有些湿润。

"当然!"爸爸用手拍着广告上的照片说,"而且,你知道最妙的是什么吗?"

"是什么?"

"这栋房子就在普马拉,离尤西他们很近!而且是一栋又大又宽敞的真正的别墅,不是什么度假屋!这里还写着,别墅是带有家具的,全是漂亮的芬兰家具。这样我们的破烂儿就可以全部扔掉了!马蒂和萨米也会有各自的房间。你也可以有一间。我们还可以划船和钓鱼!"

我必须承认,长这么大,我还从未见过爸爸一口气说这么多话,即便喝多了伏特加也不会。

妈妈微微皱起眉头:"你是怎么想的,苏洛?我们为什么要扔东西呢?"

"因为我要辞职了!"爸爸亢奋地喊道,"因为七月我们就会搬到普马拉去!因为我在芬兰也可以开大巴,而你,也可以在那里找到一家医院工作。"

"哦。"我应了一声。

"我们再好好儿想想,行吗?"妈妈问道。

"不!"爸爸已经忘乎所以了,"湖边别墅,而且很值钱……尤西会嫉妒得爆炸的!"

第十二章

普马拉的别墅

我知道,在这一刻,其实我是应该说点儿什么的,但我却说不出来。妈妈和爸爸是如此兴奋和幸福,我不忍心马上给他们泼冷水,毕竟还有些时间。

"那我也辞职!"妈妈笑得合不拢嘴,"然后我们就搬进湖边的新家去喽!"

爸爸多年来第一次播放他的芬兰探戈舞曲,然后和妈妈在客厅里跳起舞来,就像热恋中的年轻人那样。

至于萨米,我以为,他要是听到父母又改变了主意,要搬到外国去,肯定要大吵大闹的。但我错了。

妈妈和他从幼儿园回到家的时候,他跟我说:"蒂莫是个臭无赖!他不再是我的朋友。但愿我们明天就搬家,我就不用再去这个青蛙班了!"

第二天发生的事情完全出乎了我的意料之外。

"我今天下班早,到你们学校去了一趟。"吃午饭时

妈妈说。

"为什么?"

"去给你办退学手续。"

我的肚子又抽紧了。真不敢相信,事态会进展得这么快!正常情况下,我父母的办事效率低得连蜗牛都要着急。例如,对家里的老菲亚特去留问题,妈妈就考虑了整整一个星期。而爸爸干脆从不去决定任何事情。

妈妈继续笑着说:"今天早上我还把工作给辞了。卡斯帕大夫惊讶得差点儿把眼角瞪裂了!我的同事布丽特认识一对年轻的夫妇,他们正好七月能搬过来,这样不是很好吗?我当即给你爸爸打了电话,让他马上把这套公寓退租,因为我们有了接班人。"

"不能!"我惊慌失措地大叫。

妈妈皱起了眉头:"为什么不能?这时间衔接得多好呀?马蒂,你哪儿不舒服?怎么脸色这么白?"她摸了摸我的额头。

我的心里已经乱成了一团麻。看起来,我已经错过了说出真相的最佳时机。

"可是……只是……我的意思是,干吗要这么快呢?这样一次搬迁毕竟是……毕竟是……"我记起了蒂勒夫人的话,"毕竟是个很大的变化!"

"正是。"妈妈点头,"我们正好需要这样的变化呀!

你看,马蒂,你不是一直想到芬兰去度假……"

"是的,但只是在假期呀!"我打断她,绝望地喊道,"而且是和图罗一起!我从来没有说过我想搬过去!你们也从来没有问过我!"

"说真的,你从来就不懂什么叫知足!"妈妈厉声说,"不是你想在芬兰有一栋湖边别墅吗?现在我们有了,你还有什么好抱怨的?!"

和妈妈进行这样的争论从来就没有意义。她总是把事情颠来倒去地说,到最后连自己都不知道是对是错。

所以我决定,对这个话题不再发表任何言论。我告诉了图罗,说父亲已经接受了管家职位,因此,我们夏天一定能在芬兰碰面。

"太棒了!"图罗幸福地大喊,"我们成功了!"

是啊,成功了,或许只有三天吧。我实在无法想象,等我的父母发现我们根本就没有赢得别墅时,会发生什么事情。可能那时我们就得再搬回德国,而我肯定就得进教养所了。

爸爸也辞去了开大巴的工作,开始去整理旧东西了,而妈妈则带着新房客雅恩和英格丽特参观我们的公寓。他们很喜欢,甚至包括很小的儿童房,尽管他们还没有孩子。

"哈罗!"英格丽特看到我和萨米的时候说。

"哈罗!"我嘟囔了一句。萨米朝她招招手。

"太好了!"雅恩在我和萨米的房间里说,"我们可以把这屋改造成杂物间。"

"本来就是。"我说,妈妈狠狠地瞪了我一眼。

下午,爸爸把一个已经快要散架的小柜子拖到院子里,从地下室取来斧头,想把它劈碎。

"别把什么都砍了,宝贝儿!"妈妈温柔地提醒他。

但爸爸充耳不闻,我认为他可能觉得自己拿着斧头劈烂东西的样子很像一个芬兰硬汉。

"这个看来也得扔掉。"他说着就把厨房里的几把旧椅子顺着阳台扔了出去。椅子落地时发出了巨大的劈啪声。

楼下的迈尔奶奶推开窗子,威胁着要报警,但最终她没有这样做。

爸爸用劳动手套擦着额头上的硬汉汗珠。"行了,本来我们也不需要带什么家具过去。"他气喘吁吁地说,"我们的湖边别墅可是有家具的。"

"我们还是应该留下几件,只是为了以防万一。"我谨慎地建议。好在妈妈也不怎么看得惯爸爸发泄他的破坏欲,她说离搬家还有几个星期,我们还需要用这些家具。

尽管如此，爸爸还是扔掉了不少，包括妈妈的摇椅。为此他们还大吵了一场，尽管那把椅子确实已经不堪重负了，坐在上面摇动的时候，如果不小心很快就会散架。（萨米是唯一故意使劲摇晃想让它散架的人。）

至于那辆"小驼鹿"和剩余的其他东西，我们租了一间车库存放，因为爸爸想先看看新家的家具再决定还需要什么。

而例如衣物和厨房用具这些重要的东西，爸爸帮妈妈把它们塞进了三个提包和三个箱子，准备带走。

动身前两天，妈妈哭了，她伤心地把菲亚特卖给了收废铁的商人，他对某些零件感兴趣。卖车的钱，她放进了存钱罐，留着以后给爸爸在芬兰买辆二手沃尔沃用。

这其间，图罗又和我一起坐了三次舅舅的出租车。每次舅舅提到我们搬家的事，我就浑身发抖。有一次，图罗刚一提到"暑假"两个字，我就把话题赶紧转到数学作业上，然后滔滔不绝地讲个不停。

感谢上帝，我们临行前的最后一天，库尔特舅舅没有时间去接我回家。于是我搭乘图罗妈妈的汽车到城铁站。

她跟我说"祝你好运！"。图罗也笑着对我说："两周后，我们也要出发了。然后我们就可以一起去钓鱼了！"

启程的日子到了,萨米和我在空荡荡的房间里那张光秃秃的床垫上醒来,因为爸爸在前一天已经把我们的双层床锯成几半儿扔掉了。

库尔特舅舅用他的出租车送我们去机场,萨米一直在哭泣,因为他和蒂莫和好了,现在又不愿意走了。

妈妈也哭了,凡是告别的场面她都要哭的。爸爸则兴高采烈地期待着美丽的别墅和尤西伯伯看到我们房子时瞪得比盘子还大的眼睛。

我心里忐忑不安。第一,我不喜欢坐飞机;第二,我还不知道什么时候能告诉妈妈和爸爸事情的真相。我希望能找到一个好时机,趁他们最放松时……例如,跳完探戈休息或者在湖边吃早餐时。

"祝你一切顺利,孩子。"库尔特舅舅说着把我紧紧抱在怀里,"不能再去学校接你了,我会想你的。"

"等我上学时,我也希望你开着出租车去接我!"萨米喊道。

"可惜不行呀。"库尔特舅舅拥抱着他说,"芬兰太远了。"

萨米又哭了起来,还哭得很大声:"蒂——莫!"

妈妈拥抱了她的哥哥,并邀请他到我们的新家去做客,尽管她自己还没有看见新家的样子。

从法兰克福到赫尔辛基的飞行确实是个难得的经

历，因为芬兰航空的可爱空姐送上了伏特加，乘客们都兴奋起来。妈妈在看《五分钟学会芬兰语》，而萨米则一直抱怨，因为他不喜欢吃飞机上的咖喱鸡三明治。直到我们冲破云层，飞在阳光和蓝天下的一片白絮之上时，他才忘记了刚才的烦恼。

大约两个半小时后，我们抵达了芬兰。下了飞机，爸爸很快就取来了他事先在网上预租的汽车。

我心里很乱，感觉像是进入了一场无法醒来的噩梦。一旦大家知道这一切都是假的会怎么样？回德国？可在那里等待我们的，只剩下一间租来的车库和里面的三把椅子外加一辆自行车了。爸爸和妈妈都没了工作，也没有钱，仅存的最后一点儿积蓄已经用来买了飞机票，所以，在德国重新租一间公寓也是不可能的……

开往米凯利的途中，这些问题在我的脑海里始终挥之不去。我向窗外看去，灰色的天空中飘着蒙蒙细雨，灰色的公路穿过无尽的森林，灰色的湖面映着远处田野中稀稀拉拉的房屋。但我的眼前却反复闪现着两个月以后全家人回到德国住进车库的情景。

当我们终于到达米凯利时，我真是有点儿失望。妈妈和萨米也是。

"差劲！"萨米喊道，"这里太差劲了！我想回家，去找蒂莫玩儿。"

"什么?"妈妈也喊道,"这就是米凯利?开玩笑吧?"

只见一排排四四方方的房子像是精心摆好的积木一样挤在一起,每一栋都有小小的窗子和小小的阳台,乏味至极。一家方块形的眼镜店门口挂着写有"Optikko"的招牌。人们推着自行车走过斑马线,远处传来了警笛声。不一会儿,一辆印着橘红色条纹的黄色救护车飞驰而过。

"别大惊小怪的,咱们又不是住在这儿。"爸爸不以为然地说,"不就是来取别墅的钥匙嘛。"

啊!我把这码事给忘了!我的心又狂跳起来。那个女士绝不会像第一次打电话那样,让爸爸再次误会的。她一定会告诉爸爸,他的工作是剪两个月的草坪,还得铲除杂草。这样一来,我们的旅行还没有真正开始,就将在这座方块城市米凯利落下帷幕。爸爸肯定会十分愤怒,立即就转头回去,这也就意味着,萨米明天就可以在蒂莫家过夜了。

我们停到了一栋方块房子前,爸爸下车,用手机和梅克雷夫人联系(奇怪的是她的门上竟然没有装门铃),我咬着嘴唇使劲思索着如何应对过会儿就会变得暴怒的爸爸。

不久,一个矮小的老妇人从房门里走出来,她穿着运动裤,一头凌乱的白发在风中舞动着。她笑着交给爸

爸一串钥匙,爸爸也在笑着。两人交谈了一阵,然后梅克雷夫人伸出手来告别,转身回屋去了。

我简直不敢相信,爸爸竟然喜笑颜开地回到车上,使劲摇晃着那串钥匙!

"好了,我必须说,这个马尔库把活动组织得确实很好。他出门旅游了,两个月后才回来。梅克雷夫人是他的阿姨,她觉得我们应该和马尔库先生见一面,他肯定会很高兴的。"爸爸发动了汽车。

"啊,真不错。"妈妈说,"可谁是马尔库呀?"

"嗯,估计就是那个抽奖活动的头头儿吧。"爸爸说。"他很高兴,一切都这么顺利地解决了。"

"可什么叫'奥能未卡'呀?"

"'奥能未卡'?"

"是的。我刚才听你老是说这个奇怪的词。"妈妈解释。

爸爸看了她一眼,扬起了一边的嘴角:"哦,是'奥能配卡',就是'幸运儿'的意思。我说我很幸运,实在难以想象……她见我这么高兴,说她也觉得这是一件好事。"

"我才是幸运儿,宝贝儿。"妈妈纠正说,"买彩票毕竟是我的主意。"

"当然当然,你就是我的幸运宝贝。"爸爸边说边在妈妈的手上轻吻了一下。

我很吃惊。自从我们赢得了别墅以后(实际没有赢

得),他们俩突然变得很会理解和包容对方,我已经很久都没有见过他们这样了。

"到底什么时候才能到呀?"萨米着急了。

我们开到普马拉,然后拐进一条通往湖边的森林小路。当那栋别墅终于出现在我们眼前时,我们都惊呆了。它比照片上还要美一百倍:那是一栋很大很大的红色木结构豪宅,宽大的露台前面是大片的草坪。草坪的一角装有固定的烧烤台。它正对着蓝色的湖水。岸边的垂柳在风中沙沙作响。

太美了!只可惜它不是我们的。

第十三章

真相大白

我们把行李留在车上,奔向湖边那柔软的草坪。这时,太阳已经从云中探出头来,微风不时掠过湖面,轻轻荡起的水波在明亮的阳光下像金子一样闪烁着。

"哦!苏洛!"妈妈陶醉了,躺倒在草坪上。

"后面还有桑拿浴室呢!"爸爸兴奋地用手指着花园里的一个小木屋说。

我看了一眼草坪上草的高度,决定开始让爸爸逐渐熟悉自己的业务。

"这里的草坪该剪剪了,是不是,爸爸?"

他吃惊地望着我。"胡说。"他说,"这里又不是德国。在芬兰,草想长多高就可以长多高。而且这还是我自己的花园!"

唉,看来这个问题还挺棘手的。

"那如果我去剪草坪呢?"我在绝望中提出建议。

"马蒂,省省吧!"妈妈闭着眼睛说,"我们来这里也

不是为了剪草坪的呀!"

等你知道了真相就懂我的意思了。

萨米在水边高兴地蹦蹦跳跳,不时地把地上的树枝投进塞马湖中。除了偶尔有几声鸟鸣之外,四处十分寂静。静得有点儿恐怖。没有汽车,没有噪音,什么都没有。

我们静静地坐在草坪上,望着湖水发呆。

不知过了多久,爸爸站了起来,从车里取出行李,然后打开了房子的大门。

"孩子们,这里的一切是多么平和安宁呀!"妈妈说。

就在这时,房子里传出爸爸的一声大骂,像是被人踩到了脚。

妈妈立即跳了起来,萨米吓得差点儿缩成一团。

我低下了头。

"出了什么事,苏洛?"妈妈担心地喊道。

我抬起头,看见爸爸满脸通红地出现在门口。

"这房子里,到处都是柜子和架子!"他吼道。

"那不正好给我们用吗?"妈妈不解地说。

"可里面都有东西!这个马尔库,他把他自己的东西都留在我们家了!你快来看看吧!"

我们和妈妈一起冲进房子。我们检查了所有房间的每一个柜子和每一个抽屉。

"这里还有饼干。"萨米说,"我可以吃吗?如果这个

房子是我们的,那这里的饼干就是我的,对不对?"

爸爸没有回答,而是掏出手机给米凯利的梅克雷夫人打电话,但她不在家,或者没听见,总之没人接电话。爸爸最痛恨的事就是别人不接电话。痛恨的结果就是:他极其愤怒地从浴室里拖出一个衣物筐,把柜子和抽屉里的东西一股脑儿地塞进筐里,然后跑到花园把它们全倒在地上,再跑回来,去干同样的事情。

"不要!"我喊道,"不要这样做!"

可是,爸爸根本就不听我的,草坪上的东西渐渐堆成了小山。

"苏洛,别这样!"妈妈喊道。

哗啦!又一筐东西倒在了草坪上。

是我该坦白的时刻了——可惜和我预想的不同,这可不是爸爸最放松的时刻。

我紧张得口干舌燥,胃里在翻江倒海,双腿已经软得像棉花套,嘴唇不住地打着哆嗦,整个人就像是患了寒热症。

噢,上帝啊!如果这时候有个人能够站出来,替我完成这个可怕的任务该多好,我绝望地想。

听起来很荒唐,但我的祈祷确实被听到了。

几秒钟以后,一辆豪华汽车开进了院子。"吱"的一声,汽车猛地刹住,从里面跳出来一个和爸爸年龄相仿

的男子，穿着一身浅色休闲装，看着很有档次。

当他看见爸爸拖着装满衣物、文件和CD的筐从房子里跑出来并把它们倒在草坪上时，他愣住了。

但没有愣多久。

"苏洛·佩卡南！"那个男子勃然大怒，朝爸爸大声吼道。

"马尔库·维塔南！"爸爸毫不示弱，由此可见，他们俩过去就认识。

马尔库指着草坪上那堆东西，用手点着脑门儿，打开了他的芬兰语水闸。而爸爸则端着空衣物筐，又喊又叫地朝房子走去。我傻了，因为我还从来没有见过爸爸这样。妈妈曾告诉过我，芬兰男人很少大声说话。可一旦他们愤怒起来，那喊声就是电闪雷鸣。

现在就是这样。

两个人像两头争夺领地的狮子一样互相怒吼着。

爸爸喊道："亲爱的，你给我看的那张中了奖的彩票呢？"

妈妈颤抖着从提包中掏出了我在复印店里制作的中奖通知书，递给了他。

马尔库看了一眼，轻蔑地说了一句"米凯利和郊区"——显然指的是图罗给我的那张广告。

爸爸的表情有点儿不自然，疑惑地看了一眼妈妈：

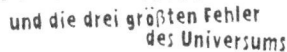

"这张纸是从哪里来的?"

"是从信箱里……"

"信封呢?"

她想了片刻。

"在马蒂那里。"

爸爸的脸色由通红瞬间转为煞白。

我咬着嘴唇,低头看着鞋。

空气中凝固着让人窒息的寂静。

几秒钟后,爸爸那如火山爆发般的轰鸣在我耳边炸开:

"马蒂!"

第十四章

假期开始了

说实话，我还不确定我是不是应该为此感到内疚。难道一切真的都是我的错？我承认赢得别墅的事是我编造的。可我怎么会预料到，我的父母转天就把公寓退掉了，还把家具都砍成了碎片呢？我只是想让爸爸和我们一起去芬兰。或者，至少让我和图罗一起去芬兰。不幸被库尔特舅舅言中了：谎言就像竹子一样生长得飞快，长得比楼还高，高得让你根本就看不到它的尽头。

现在，我们四口人和三个提包还有三个箱子一起坐在湖边，连今晚在哪儿过夜都不知道。

马尔库·维塔南出门后，想起有一份重要的文件忘在了家里。他是回家取文件时才看到了爸爸扔出来的物品堆。他自然气不打一处来。爸爸的管家工作当即被取消，他当场把钥匙要了回去，然后把别墅的门锁上，拿着文件跳上汽车开走了。

爸爸对我嘟囔说，他是大巴司机，而不是管家。我知

道他还想多说几句，但他突然想起来，租来的汽车的钥匙被他放在了别墅里厨房的桌子上。所以，我们也没有了汽车，至少没有我们可以开的汽车了。

妈妈一直在轻声抽泣，萨米还在打他的水漂儿，爸爸在沉默地思考问题。现在他又变回了我所熟悉的正常爸爸。他的怒火早已在马尔库从草坪上找到那份已被折毁且沾满鸟粪的文件时就已经平息了。

"说什么都没用了，苏洛。"妈妈说，"找你哥哥求助吧。"

"太好了！"萨米喊道，"我们现在正好需要尤西伯伯，然后他就可以给我看那台伐木机如何工作了！"

爸爸不情愿地嘟囔着什么。

"我知道，这对你很难，宝贝儿。"妈妈说，"但我们没别的法子了。"

又是那让人窒息的沉默。我正犹豫着自己是不是该说点儿什么来打破这沉重的气氛时，妈妈接着说道，"苏洛，你到底有没有听到我说话？"

爸爸依然凝视着湖面。

"我发现了一艘船！"萨米兴奋地喊了起来。或许是在照片上看到的那艘橡皮船？我好奇地来到萨米身边，顺着他手指的方向看去，确实有艘船停在远离岸边的水中。

爸爸突然站到了我的身边，同样看了一眼那艘船，然后眯缝起眼睛，又看了一眼闪光的湖水。

"跟我来！"他对我说。

"我也去！"小弟喊道，"船是我发现的。"但爸爸严厉地瞪了他一眼，摇了摇头。萨米乖乖地跑向妈妈。

我们沿着湖边跑，越过灌木丛进入矮树林，带着划伤又跑出树林。爸爸大步流星地朝船跑去，我必须加快步伐才能赶上他。

他抓住了那艘船，我们跳了上去，爸爸坐在中间的横板上，抓起船桨就划了起来。我很惊讶，他的动作竟然这样熟练。我们的船飞驰在水面上，爸爸一直划，眼睛都不眨一下，就好像除了划船他从来就没有干过别的事情。只见他把船桨插入水中，然后用力向后拉动，整个动作一气呵成。我们的船飞速滑行在闪亮的蓝色湖面上。

大约到了湖中心，爸爸突然把船桨拉出水面，然后阴郁地看着我。我害怕极了，以为他要把我扔进湖中。他先是深深吸了一口气，擦了擦额头上的汗水，然后对我吼道："是你告诉我们，说我们赢得了一栋别墅！"

"是的……"我说，"可是你也说过同样的话。"

他全身一震。

"但事后你至少应该对我说出真相呀！"

"我真的不知道该怎么说才好……"我试图进行解

释,"而且,你撒谎后也没有告诉我真相啊!"

爸爸愣在那儿,慢镜头似的扬起了一边的嘴角,然后两边同时扬起。我看着他的面孔,发现我们确实十分相像。

当我也同样扬起两边的嘴角时,他发现了,对我咧嘴笑了笑。然后他又开始划船。我转过身去,看见萨米和妈妈所在的岸边离我们越来越远了。萨米蹦着向我们招手,我也向他们招手。不知什么时候,一只水鸟叫了起来,水中出现了鱼吐出的泡泡。离我们不远的地方,浮着一只孤单的水鸟,看到我们的船划过去,惊恐地展翅飞走了。

我突然产生了一种美好的错觉。在芬兰的湖中泛舟,这是我一直梦想着能在假期里做的事。特别是和我的父亲一起,他向我指着他童年生活的地方。现在,这一切都成为了现实。真是难以置信!

当我们到达湖的对岸后,又继续沿着一条森林小路跑,我发现爸爸好像越来越紧张。有几次他突然停了下来,大口喘着气,额头上还沁出了汗珠,尽管这里的夏天并不很热。

我们跑出了森林,来到了一个农场似的地方,一条长长的、弯弯的街道贯穿其间。我们面前是一个大大的院子,里面有很多红褐色的木屋。我们听到人的呼喊声

和狗叫声，一辆拉着巨大树干的平板卡车刚刚拐进院子的大门。

"这就是海基·梅基南的木材场。"爸爸说，并用手臂擦了擦额头。

就是那个被你炸了的库房？我差点儿脱口而出。

"你不好意思向尤西伯伯求助，是不是？"我谨慎地问。

"是的。"他从裤兜里掏出烟，点燃了一支。

"那就让我进去跟他说。"

爸爸觉得这样不妥。但当他把烟吸完，看了看空烟盒，又觉得可以让我先去和尤西伯伯谈谈，他则利用这段时间在湖边冷静冷静。

我敲了敲刚刚爸爸指给我的门。这是木材场的主楼，不仅梅基南老板住在这里，而且他的接班人尤西也住在这里。

一位年轻的金发女士为我开门，疑惑地打量着我。

"尤西，Missä on Jussi？"我祈祷着她能听懂我的话。反正爸爸教给我这么说就能找到尤西伯伯。但看起来，沟通没有成功，或许因为我的发音太差了。那位女士飞快地说了许多话，可我一句都没有听懂。

唉，代表爸爸来这里是我的主意，但效果确实不好。

"Ei, hän asuu sivurakennuksessa！"她又笑着说。

我耸了耸肩。当她看出用语言确实无法和我沟通时,就干脆拉住我的手,带我穿过大院,朝旁边一座副楼走去。那是一栋老木屋,木板上已经出现了裂纹,红褐色的油漆也开始脱落,看起来急需维修。

那位女士敲敲门,马上有人把门打开了。出现在门口的,就是玛丽亚伯母!她看起来有些苍白和疲倦。她愣愣地看着我,就好像看到了一个幽灵。然后她伸出双臂拥抱了我,喊道:"马蒂,你怎么来啦?"

她和那位女士交谈了几句,然后就拉着我进入了木屋里小小的厨房,给我倒了一杯果汁。我必须先告诉她,我是怎么到这里来的以及来干什么。我说啊说啊,一直说个不停。我一口气把事情的来龙去脉说了出来,从他们去我们家开始直到现在,一字不落。她时而睁大眼睛,时而难以置信地摇头。

"这两个疯子!"她低声道,"那个晚上,尤西也撒了谎!"

"什么?!"我吃惊地喊了出来。

"嗐,他根本就没有成为木材场的头头儿,就是一个普通的伐木工。他只是想在苏洛面前炫耀罢了。过后我们还为此大吵了一架。"

看起来,爸爸和尤西伯伯的性格也和他们的相貌一样相像。

我正跟玛丽亚伯母说到妈妈因为瑞士的别墅十分失望的时候,木屋里的一个小门突然被推开,睡眼惺忪的尤西伯伯从里面走了出来。

"睡够了吗?"伯母说,"我们来了客人!你看是谁来了!"

尤西伯伯揉了揉眼睛,看了我一眼。接着我听到一阵暴风骤雨般的德语突然砸在尤西伯伯的头上,那些话就像冰雹一样重。玛丽亚伯母不停地骂着,尤西伯伯穿着内衣内裤垂着肩膀退到了桌旁,一言不发地坐在了椅子上。我很奇怪,他怎么突然变成了另一个尤西伯伯,和在我们家时完全不同。他低着头,紧闭着双唇。但玛丽亚伯母的咒骂风暴丝毫不见减弱,他于是带着乞求的目光说了一句"kulta",是"宝贝儿"的意思。

"你现在要马上向你的弟弟说出真相!"玛丽亚伯母继续用德语说,"并且去向他道歉,把问题说清楚。"

尤西伯伯的表情有些扭曲,额头上突然沁出了汗珠,就像爸爸刚才一样。

"啊,kulta,我必须这样做吗?"他的声音微弱得像蚊子在哼哼,"如果我不愿意呢?"

"那我就跟你离婚!"玛丽亚伯母斩钉截铁地威胁道。她的表情告诉我,她不是在开玩笑。尤西伯伯也知道他没有别的选择,只好骂骂咧咧地起身去穿衣服了。

我和尤西伯伯沿着来时的森林小路往回跑。一路上他连吸了三支烟,每跑两步就哼唧一下,就像脚下踩的不是草地而是碎玻璃片。

"你是我的监督人,对不对,马蒂?"他说,"过会儿,我会向你的爸爸道歉,然后你替我向你亲爱的玛丽亚伯母作证,说我已经跟他道过歉了。好不好?"

"没问题。"我说。

湖边,爸爸正背朝着我们坐在一块岩石上。听到我们的声音,他转过身来。

尤西伯伯抽了抽鼻子,一脸痛苦的表情,像是牙疼。然后他张开嘴,但马上又闭上了。

我朝他点点头,给他鼓劲儿。

"你好,苏洛!"他用德语开口说道,"听我说,我必须告诉你:我撒了谎,我觉得很抱歉……你听到了吗,马蒂?"

"我听得很清楚。"我确认。

"那个……木材场的头头儿,仍然是老梅基南,不是我。玛丽亚和我还住在……那栋小木屋里,而不是前面的主楼。"

爸爸的眼睛里突然放出了光芒,竟然同时扬起了两边的嘴角!然后他也告诉伯伯,其实没有公司看上了他

的手机游戏,所谓的瑞士别墅同样是谎言。"另外,"他诚恳地说道,"我们已经无家可归了,需要你的帮助。"

尤西伯伯皱起眉头。他俩之后的交谈都是用芬兰语进行的。爸爸说啊说啊,就像我刚才对玛丽亚伯母说的时候一模一样,直到尤西伯伯开始咯咯笑了起来。他夹紧肩膀,忍住笑,双手拍在大腿上,高声喊道:"Voi,rakas veljeni!"然后拥抱了爸爸。他俩用力地拍着对方的后背,就像上面有尘土需要拍掉似的。

"Velikulta!"爸爸喊道。

"Pikkuveljeni!"尤西喊道。

再次又抱又打。

"什么叫Pikku什么的?"

"我的小兄弟。"爸爸解释说。

尤西伯伯拍了拍我的肩膀,说这是一个他听过的最有趣的故事,向我表示祝贺。然后他又说,我一定是世界上最有想象力的骗子,要不然我的父母怎么会相信了赢得别墅这样的鬼话呢?他还从来没有听说过有谁真能赢得别墅,但最重要的是,我们不必担心,因为我们可以先住在他的朋友那里,住多久都可以。

现在我们该享受度假了,以后再说其他的事。

听起来不错。

"今天我休息,我们可以去钓鱼。"尤西伯伯说。

"钓鱼。"爸爸笑着说,"我要钓一条最大的鱼,注意了,马蒂!"

"他没戏!"尤西伯伯对我说,"从来都是我钓到最大的鱼!"

"那是以前。"爸爸用他那低沉无比的嗓音说,"今天是今天。"

哦,不,又开始吵架了。我最好赶紧换个话题。

"尤西伯伯,你们有电脑吗?我得写一封电子邮件!"

"我们没有,但在主楼里有一台,你可以用。"

很好,起码还有电脑。另外,我真的很想知道,我们今天到底在哪里睡觉。

被爸爸烧掉那个木材仓库里?

还是在尤西伯伯的"全能伐木机"里?

这要看谁能钓到最大的鱼……

我相信,那会是我。

爸爸解开缆绳,我们上船去接妈妈和萨米。

发件人：mäkinenpuu@bof.fi
收件人：turo-k.@web.de

亲爱的图罗：

　　我们顺利抵达了普马拉。现在，我要告诉你一件我在德国不敢说的事：我的父母相信了他们在这里赢得了一栋别墅（全是我的错！），所以把我们在德国的公寓退掉了，这就不叫度假了，而是彻底地搬家。真是疯了。我们在德国只剩下一间车库里面的几件旧家具，而在芬兰却一无所有。我们住在尤西伯伯同事的家里，离他工作的木材场不远。说实话，我还不知道，过完暑假我们到底要去哪儿。但我妈妈正在学习芬兰语，为万一回不了德国做准备。萨米一开始觉得这里太差劲，现在他过得还不错，因为他又交到了新朋友，手脚并用地同他们交流。让人意想不到的是，我爸爸和我伯伯相处得很好，他俩甚至一起去钓鱼，然后由我来当裁判，拿尺量谁钓上来的鱼更大。你能猜到谁钓的鱼最大吗？

　　我很高兴地期待着你的到来！

　　祝你一切安好！

你的马蒂

发件人：turo-k.@web.de

收件人：mäkinenpuu@bof.fi

马蒂：

你说什么？你们有可能要定居在那儿了？这真是我听到的最疯狂的故事！等我去了，你可得给我好好儿讲讲。不管怎样，我觉得那里总比瑞士强吧。因为在芬兰的话，我们可以每年都见上几面，暑假一次，寒假一次，如果圣诞节时我们去芬兰看奶奶，那就又多一次！你开始学芬兰语了吗？Toivottavasti!（但愿吧！）

我也期待着与你见面！可惜我们今年去得晚，因为我爸爸还有些工作没做完，真倒霉！

尽快给我回邮件！

图罗

发件人：mäkinenpuu@bof.fi

收件人：turo-k.@web.de

图罗：

Hyvä! 至少我现在已经认识这个词了。对不起，我有一个星期没给你写邮件，这其间发生了很多事情。

我们不久就会在普马拉得到一套小公寓，尽管房间

不多，但也挺好的。尤西伯伯用木头给我和萨米打了一个新床铺。他什么都会做，真棒。可惜还是上下床，没办法，房间太小了。原来的上下床在我们临行前被我爸爸锯开扔掉了。哈哈！妈妈非常喜欢这里的空气，和我的伯母也相处得很好。我的伯母是普马拉一所小学的教师。如果萨米在这里上学，搞不好她会成为小弟的班主任！

告诉你个好消息：爸爸昨天去了位于埃斯波的诺基亚总部。真想不到，他们认为爸爸设计的手机游戏棒极了，所以当即就给了他一个研发员的职位。将来我们还真有可能搬到埃斯波去呢！不过眼下他在家里工作就行了，他只需要一台电脑，幸运的是最近有人送了他一台全新的、有着超大内存的笔记本电脑！他非常高兴，终于可以不用再跟那台老掉牙的电脑发火了！我的父母与以前大不一样了。妈妈不再发牢骚，爸爸心情也很好，经常能见到他两边的嘴角同时扬起来！你能想象出来吗？

马蒂

发件人：turo-k.@web.de
收件人：mäkinenpuu@bof.fi

马蒂：

我的天哪！变化太快了吧！但愿等我去时，你们还没

有搬到埃斯波或者赫尔辛基或者俄罗斯去！再有几天我就到了。请留在那里，不要乱动！

图罗

发件人：mäkinenpuu@bof.fi
收件人：turo-k.@web.de

图罗：

你好！

现在请你站稳了——我们赢得了一栋房子！这次是真的！一栋超级漂亮的湖边别墅，就在安托拉附近。在搬家之前，我的父母曾向德国邮局申请把我们的信件一律转寄到这里来，昨天我们收到了"国际房屋抽奖基金会"的一封信。妈妈不久前曾花了五十欧元参加了一次抽奖活动，奖品是一栋芬兰的别墅。她这次确实中奖了。我不敢相信！如果你想知道详情，可以去www.meinhauslos.de上面看看，那是唯一一栋在芬兰的别墅。

我查了地图：安托拉就在塞马湖畔，与普马拉相比，距离米凯利更近一些——也就是离你们那里更近。酷毙了！等你来时，我们可能已经搬进新房了。现在对于我们来说，搬个家很容易，因为除了尤西伯伯给我们打的那两件家具之外，我们几乎什么家具都没有，全都得买新

的。哦，对了，我们有了一辆汽车，是一辆二手沃尔沃，相当破旧，却可以装很多东西。

芬兰语太难了。我母亲虽然很用功，但还是觉得大多数单词对她来讲都太长了，比如auringonpolttama这个词。玛丽亚伯母说，更难的还在后头。另外，她在米凯利有个朋友在诊所工作。她会帮我的妈妈去打听一下，看那里是否需要一个助理。

你相信奇迹吗？我经常问我自己，宇宙是不是也犯错误？我指的不是那些像坏掉的灯泡一样已经发不了光的恒星，而是说那些被彻头彻尾搞砸了的事情。还有法子改正吗？反正我是努力地做了尝试，开始时还挺成功，然后就变得越来越糟糕，甚至比我没做改正时更糟，而且事态的发展完全失去了我的控制！尽管如此，现在一切又都好了起来。或许，有些事情只是过程很恐怖，而最后的结果却很好，不是吗？我们刚来芬兰时，什么都不对头。但渐渐地，一切又都朝着好的方向发展了。嗯，这个问题值得好好儿思考一下。

先不管那么多了，反正我们会度过一个从未有过的美好假期。我父母欢迎你到安托拉来，或者让我到豪基武奥里那儿去找你玩儿。

我们很快就会见面的。

你的朋友：马蒂

作者简介

马蒂和三个天大的谎言

萨拉·瑙拉
Salah Naoura

萨拉·瑙拉,1964年生于柏林。他在大学期间分别攻读了日耳曼语言文学和斯堪的纳维亚语言文学专业。作为自由译者和作者,他从1995年起翻译并创作了多部儿童小说、图画书等作品。他的译作曾获得多项大奖的肯定。

《马蒂和三个天大的谎言》这部作品获得了2011年"彼得·赫尔特林文学奖",并获得2012年"德意志青少年文学奖"的提名。

生活是美好的

袁晓峰/青番茄图书馆青少馆馆长

这是让我一口气读完的书。

午饭后，我迫不及待地讲给同事听，同事听得入迷，并不断猜测着。听完了急不可耐地问书名，扬言要立即给女儿读，并相信那个读小学的小燕子一定会喜欢。

这是一本接地气的书。

这不是发生在达官显贵家里的故事，也不是发生在家贫如洗的孤儿身上的故事，而是发生在一个最普通不过的家庭里的故事。

马蒂和萨米有爱他们的爸爸、妈妈、舅舅、伯父和伯母，虽然每位长辈表达爱的方式不尽相同，但我们能从那些细节中感受

到——妈妈天天风风火火地忙碌着挣钱和操持家务,爸爸背着妈妈偷偷塞给马蒂五十欧元去完成孩子们"救救动物"的心愿,做的士司机的舅舅天天开车去接马蒂放学回家,伯父和伯母热心帮助安置面临困境的马蒂一家……无论遇到多少困难,马蒂和萨米总有一个可以安身立命的家。

马蒂和萨米都有友谊的温暖,他们非常要好的朋友是图罗和蒂莫。马蒂和萨米兄弟俩跟别人家的兄弟姊妹一样,既有小摩擦又会互相关心和帮助,而且,他们都非常有同情心,都会热心帮助动物。

马蒂这样的家庭在每个城市都很多很多,他们没有豪宅靓车,也没有外出旅游的闲钱。他们的日子过得有些紧巴,情感也在为柴米油盐操心中显得有些粗糙,甚至妈妈总在大声喊叫,爸爸总是闷闷的很少说话。但是,他们有自己的小小蜗居,有自己的粗茶淡饭,有自己平凡而忙碌的生活,有自己的亲情、爱情和友情,并且,他们还有自己的梦想———一栋湖边别墅,妈妈已经梦想了很多年,而马蒂也多年来一直梦想着,并且希望这湖边别墅在芬兰,因为那是爸爸的家乡,也是他日思夜想的地方。爸爸虽然是个公交大巴司机,却也有自己的梦想,在业余时间总是埋头于手机游戏的开发。

跟许多普通的家庭一样,总会有些不顺心的事情,

总会有这样那样的摩擦和埋怨,但是,这个家的每个人都在默默地关心着家里人,都在为这个家过得更好而努力……

生活的确是美好的啊。

不过,再美好的生活也会遭遇一些错误,而且,在孩子眼中这些错误是巨大的,是足以扰乱孩子的宇宙级的错误——就像写在报纸上的谎言:野鸭湖里要养海豚了,让萨米失望、难过;就像妈妈说过她会定期为受难的动物捐款,而事实上她根本就没有捐;就像爸爸编造的瑞士湖滨别墅,让妈妈为这个谎言伤心,让马蒂陷入尴尬。

生活总归是美好的,就像库尔特舅舅说的,人更应该去看生活中美好的一面。是啊,生活有很多面,你总是爱看哪一面呢?

马蒂的妈妈总是爱看这一面——她老是抱怨,抱怨他们居住的二号楼小得像鞋盒,抱怨家里只是爸爸一个人有单独的房间,抱怨孩子们为"救救动物"捐款,抱怨马蒂把生活给毁了……她从家里抱怨到工作单位,从爸爸抱怨到马蒂、萨米,从上司脾气不好抱怨到同事,从德国抱怨到芬兰……不过,抱怨好像也没有什么用。比如在湖边,在芬兰美好的夏日的湖边,阳光灿烂,昆虫鸣唱,风从白杨树间轻轻穿过,萨米在梦幻般的湖面用一

块石子打出五个水漂儿。就在这时,这最美妙的时刻,妈妈也没有停止抱怨。事实上,什么事情都没有因为妈妈的抱怨而有所改变。

虽然错误会把生活弄得很糟糕,但是,只要纠正了,生活就会又回到本来的美好。马蒂,这个十一岁的孩子,就不断地用行动纠正着宇宙级的错误,不断地将糟糕的生活变得美好。比如,他带着弟弟萨米把玩具海豚放到野鸭湖里,风把两只玩具海豚吹到湖水中央,萨米笑了,野鸭吓得逃跑了,谎言变成事实了;他带着弟弟萨米去银行为受难的动物们捐款,让这些年来一直被父母欺骗的许诺终于实现了;他诚恳地代爸爸和全家去向尤西伯伯求助,他的真诚不仅赢得了生活再次扬帆起航的港湾,还赢得了久违的亲情——让爸爸和伯父这对用编造谎言来互相较劲的兄弟,眼睛里放射出了光芒,让他们像儿时一样说笑,相互拥抱着并拍打着对方的后背,力大到就像有尘土要拍掉似的……

"我的生活中正在改变着什么",这是马蒂的一篇作文题目,这也是生活中一道实实在在的题目。这样一本接地气的书,可以让更多孩子感受到自己生活的美好,而不必去羡慕达官显贵;可以让更多孩子知道,梦想是可以靠努力去实现的;可以让更多孩子知道,真诚才能走出坚实的追梦之旅。

这是一个出人预料的故事,结尾仿佛是个奇迹。其实,奇迹并没有出现,那是马蒂一家实实在在的努力。任何的限制,都是从内心开始的,而马蒂帮助家人打破了自我设限,得到了一个从来没有过的美好夏天。

如果我们希望生活变得更加美好,那么就从心的改变开始,真诚,相信,行动,美好的生活从梦想之旅开始。

《马蒂和三个天大的谎言》教学设计

岳乃红/儿童阅读推广人

【作品赏析】

故事开始于芬兰的塞马湖边。这天,从德国来的马蒂一家四口人,连同全部家当都被扔在了湖边一栋漂亮别墅外的草坪上,全家人正为晚上在哪儿过夜而犯愁。其实马蒂的伯父就住在附近,可是爸爸却死活不肯去向他求助。原来这老兄弟俩都特别好面子,总是想着要超过对方,因此在一次难得的家庭聚会中,当伯父宣布自己被指定为林场接班人时,爸爸居然也出人意料地宣布自己设计的手机游戏被一家外国手机厂商看中,他将获得一个新的工作岗位,一家人还将迁到瑞士,而且是住在一栋湖边别墅里。

看上去,这真是一个不错的好消息。马蒂信以为真,将这个即将到来的家庭变化写在了自己的作文里,并且

朗读给全班同学听,这下所有人都知道了马蒂一家即将离开德国。

可这个关于瑞士的童话竟是个谎言。马蒂的世界被彻底打乱了。他不知如何才能纠正这个错误。于是,面对着好朋友图罗一道去芬兰度假的热情邀请,面对着抽奖活动的中奖奖券,面对着图罗提供的芬兰别墅的照片,马蒂将错就错,制造了一个弥天大谎——他们家在抽奖活动中赢得了芬兰湖边的一栋漂亮别墅。

正如马蒂的舅舅所说,谎言就像竹子一样长得飞快,最好不要连续撒谎,否则会惹来一大堆麻烦。于是我们才会看到故事开始的那一幕:一家人一无所有,孤立无援。

一个个谎言加上一次次巧合,不仅让我们分享了一个温馨、幽默的故事,也让我们看到一个小男孩在真相与谎言之间纠结的心路历程,更促使我们在与人物一同跌宕的心情中对人性问题进行深层的思考,对成人与儿童的心灵世界能有较为清晰的认识与反思。

【话题设计】

1. 哪几个谎言的出现最终造成了事情的进一步发展?你觉得导致真相不能得以揭示的原因是什么?

2. 马蒂和萨米的爸爸、妈妈、舅舅有什么不一样的

地方?你更喜欢和什么样的大人相处?

3.马蒂在谎言面前一直挣扎、纠结着,是什么原因使他没有勇气说出真相?

4.这个故事得以顺利发展下去,你觉得哪些情节的发生特别巧合,从而使故事充满了一种戏剧性?

【延伸活动】

1.走进芬兰:找一幅世界地图,了解芬兰所处的位置;通过网络,了解芬兰的一些基本情况;为自己设计一个芬兰旅行计划,注明旅游地点和主要风景,以及一些旅游注意事项。当然喽,希望这个计划能够尽快实现。

2.也谈谎言:马蒂的谎言给他自己带来了很大的精神压力,他一直处于一种纠结、焦虑的状态:与舅舅含沙射影的交流,一个人独处时的烦躁,想说出真相时的犹豫……故事当中都有细致的描写与刻画。

你是否与马蒂一样,也有过说谎的经历?说了谎的你,是不是也和马蒂一样,也很犹豫,也很烦躁?那就把自己的这份难得的人生经历写下来,写出自己这种状态下的挣扎与苦闷。我们等着分享你当时的心情。

【亲子阅读】

1.这个故事涉及了大人世界和儿童世界,作为一

本联络亲子情感的小说,很适合进行亲子阅读。每天可以选择一个固定的时间,爸爸妈妈和孩子一起来阅读,读完后适当做一些简单交流。长此以往,不仅可提高孩子的阅读能力,还可以融洽亲子关系。

2.爸爸妈妈在阅读过程中,可以更好地走进孩子的世界,体会孩子成长中的心理发展,反省与孩子交往过程中存在的问题,同时可以就一些问题的看法与孩子进行沟通,耐心听取孩子的意见。记住了,孩子的心灵世界和成人的是不一样的,我们要正视这种不同。